光文社文庫

文庫書下ろし／長編時代小説

光る猫
はたご雪月花㈤

有馬美季子

KOBUNSHA

光　文　社

この作品は光文社文庫のために書下ろされました。

目次

西
北
東
南
0
500m
小石川
伝通院
富坂町
水戸徳川家
春日町
神明宮
中山道
駒込
千駄木御林
加賀前田家
本郷
道灌山
日暮里
易島天神
池之端仲町
不忍池
弁天
御数寄屋町
根岸
谷中本村
下谷広小路
東叡山寛永寺
徒町
入谷鬼子母神
（真源院）
味線堀
幡随院
下谷竜泉寺町
千住大橋
阿部川町
新吉原
新堀川
日本堤
日光道中
旅籠町
東本願寺
御蔵前
御蔵前通り
浅草寺
小塚原
浅草広小路
田原町
伝法院
諏訪町
山谷町
新鳥越町
新鳥越橋
浅草駒形堂
雷門
旅籠 雪月花
聖天町
山谷堀
吾妻橋
花川戸町
山之宿町
今戸橋
今戸町
橋場町
白鬚之渡し
隅田川
源森橋
竹屋之渡し
中之郷瓦町
源森川
三囲稲荷
向島墨堤
長命寺
木母寺
隅田村
小梅村
須崎村
寺島村
業平橋
小梅村

麹町
千鳥ヶ淵
番町
牛込御門
半蔵御門
田安御門
西之御丸
小石川御門
外桜田御門
水道橋
和田倉御門
江戸城
一橋御門
猿楽町
南町奉行所
北町奉行所
神田橋御門
数寄屋橋御門
呉服橋御門
竜閑橋
鍛冶町
神田大明神
昌平橋
明神下
水谷町
京橋
数寄屋町
木挽町
室町
日本橋
魚河岸
和泉橋
下谷練塀小路
外神田
内神田
佐久間河岸
真福寺橋
南八丁堀
弾正橋
楓川
佐内町
荒布橋
大伝馬町
小伝馬町
松枝町
神田川
八丁堀組屋敷
海賊橋
江戸橋
堀江町
亀井町
通油町
柳原土手
向柳原
福井町
中之橋
八丁堀
坂本町
思案橋
馬喰町
元浜町
稲荷橋
日本橋川
小網町
浅草橋
両国広小路
一ノ橋
高橋
新川
南新堀町
箱崎町
崩橋
行徳河岸
米沢町
茅町
霊巌島
二ノ橋
永久橋
箱崎川
浜町堀
薬研堀
第六天
石川島
永代橋
大川端
柳橋
両国橋
熊井町
上之橋
今川町
大川
尾上町
御米蔵
佐賀町
万年橋
新大橋
一ツ目之橋
元町
相生町
回向院
御竹蔵
黒江町
油堀
万年町
海辺大工町
要津寺
六間堀
亥ノ口橋
富岡橋
中ノ橋
海辺橋
高橋
二ツ目之橋
仙台堀
深川
深川元町
弥勒寺橋
林町
蓬莱橋
富岡八幡宮
小名木川
五間堀
本所
南割下水
亀久橋
霊巌寺
芝翫河岸
竪川
三ツ目之橋
木場
新高橋
横川
入江町
長崎町
猿江橋
南辻橋
新辻橋
亀戸村
長崎橋

おもな登場人物

里緒……………浅草山之宿町にある旅籠「雪月花」の女将。
お竹……………旅籠「雪月花」の仲居頭。
吾平……………旅籠「雪月花」の番頭。
お初……………旅籠「雪月花」の仲居。下総船橋の漁師の娘。
お栄……………旅籠「雪月花」の仲居。武州秩父の百姓の娘。
幸作……………旅籠「雪月花」の料理人。
盛田屋寅之助……口入屋「盛田屋」の主。
山川隼人…………南町奉行所定町廻り同心。
半太……………山川隼人の配下。
亀吉……………山川隼人の配下。
杉造……………山川家の下男。
お熊……………山川家の下女。

光る猫

はたご雪月花

第一章　妙な侍

一

「実は……」

皆の目が、吾平《ごへい》とお竹《たけ》に集まる。里緒《りお》は首を傾《かし》げた。

ここは江戸の北東、山之宿町《やまのしゆくまち》にある旅籠《はたご》〈雪月花《せつげつか》〉の帳場。亡くなった両親の跡を継いだ里緒は、齢二十四、気立てのよい美人女将《おかみ》である。

吾平は雪月花の番頭、お竹は仲居頭《なかいがしら》で、ほかには雪月花と懇意にしている南町奉行所の定町廻《じようまちまわ》り同心《どうしん》の山川隼人《やまかわはやと》、隼人に仕える岡っ引きの半太《はんた》と亀吉《かめきち》の姿があった。

三郎兵衛《さぶろべえ》という男が十年ぶりに雪月花を訪れようとして、近くの草むらで殺された。この雪月花のある通りの人々も巻き込まれた痛ましい事件がようやく解決して、一息ついたところだった。

事件の際に負傷して雪月花で養生していた亀吉を、隼人と半太が迎えにきて、皆で蕎麦《そば》を味わい和《なご》んでいた折に、吾平とお竹がいきなり真剣な面持ちで切り出したのだ。

里緒は姿勢を正して、二人に訊ねた。

「何か気になることがあるの」

「ええ。三郎兵衛さんのことがあって、なにやら昔のことを思い出して、吾平さんと懐かしい話をしておりましたら、ふと、そういえば……と」

息をつくお竹に、隼人が焦《じ》れたように促した。

「どんなことだ、もったいぶらずに早く話せ」

「旦那さんと先の女将さんが信州《しんしゅう》の諏訪《すわ》にご旅行される前、少し妙なお客様がいらっしゃったんです。三人組のお侍でした。昼間に数刻、お部屋をお貸ししたのですが、なにやら様子がおかしかったんですよ」

雪月花は昼間の八つ（午後二時）から七つ半（午後五時）までは、休憩で使うお客にも部屋を貸している。寄合や密かな逢引《あいびき》などに使われ、重宝《ちょうほう》されていた。

「どうおかしかったんだ」

「三人とも仏頂面《ぶっちょうづら》で、なにやら険しい顔をなさっていてね。睨《にら》みを利《き》かせているんですよ。部屋では声を潜めて、長々とひそひそ喋《しゃべ》ってらして。お茶を持っていきましても、話を中断されるのが不快なのか、ぶすっとなさって憎々しいんです。お茶を置いたらさっさと出ていけ、というように追い払われましたよ。まあ、お侍なんて、あんなものかもしれませんけれど。……おっと、失礼」

一応は侍である隼人と目が合い、お竹は軽く咳払いする。吾平が横から口を挟んだ。

「その侍たち、三度ほどお見えになったんですよ」

「続けて来たのか」

「いえ、少し間を置いてです。帳簿を見返してみましたら、その年の文月《ふみづき》、長月《ながつき》、霜月《しもつき》にお越しになっていました」

隼人は腕を組んだ。

「三月に一度か。最後の霜月というのは、ちょうど里緒さんのご両親が旅に行った時だな」

「さようです。諏訪に行かれる、十日前でした。それで……お侍が最後にお見えになった時、先の女将さんと、ちょっと揉め事があったんですよ」

先の女将とは、里緒の母の珠緒《たまお》のことだ。里緒と隼人の目が合う。

吾平の話の後を、お竹が続けた。

「女将さんがお茶をお運びになって、部屋の前で声をかけようとしたら、中から怒鳴られたんです。何を聞いているんだ、って。それで女将さんが身を竦《すく》めてしまったところ、お侍の一人が襖《ふすま》を開けてお盆を摑《つか》み取り、再び怒鳴ったんですよ。立ち聞きなどしたらただじゃおかないぞ、早く去れ、って」

「その声は、一階にいた私たちの耳にも届きましてね。ずいぶん気性の荒い侍だと、お竹とともに顔を顰《しか》めたもんです。もしや刀を抜きかねないと、慌《あわ》てて見にいきましたが、女将さんは無事に下りていらっしゃったので安心しました」

「幸い昼間で、泊まりのお客様たちはほとんど外出なさっていたので、ご迷惑をかけずに済みました。女将さんは酷《ひど》く立腹なさって、ぶつぶつ仰《おつしや》っていましたよ。私は何も聞いてなんかいないのに、聞かれては拙《まず》い話でもしていたのかしら、って」

「聞かれては拙い話……」

里緒は小さな声で、亡き母の言葉を繰り返した。

――もしや、お父さんとお母さんの死には、そのお侍たちが関わっているのかしら。お侍たちは、お母さんに何か重大な話を聞かれたのではないかと思い込んで、それで……。

里緒は、三年前に亡くなった両親の死について、未だに釈然としない思いを抱いている。里緒の両親は信州の諏訪に旅に行った帰りに、板橋宿《いたばし》の音無《おとなし》渓谷で足を滑らせて亡くなった。代官所では事故死と判断したのだが、里緒自身は何か別の事情があったのではないかと思っている。だが、そのことは自分の胸に留め、誰にもまだ話してはいなかった。

口を閉ざしてしまった里緒を、隼人はさりげなく窺《うかが》っていた。

「なるほど、そういうことがあったんだな。里緒さんは、その侍たちのことは覚えてねえのかい」

「お侍の話は、今、初めて聞きました。私はその頃、既に旅籠を手伝ってはいましたが、習い事もまだ少し続けていたので、昼の間は留守にすることもあったのです。おそらく、そのお侍たちが訪れた時は、私はいつも出かけていたのでしょう」

「そうか。ならば知らないだろうな。しかし妙な侍だ。いったいここで何を話し込んでいたというのだろう。それからは、まったく来なくなっちまったのか」

お竹が答えた。

「そうなんです。あれからはお見えになってませんねえ」

「名前はなんと語っていたんだ」

「帳簿には、佐久田《さくだ》と記していました。宿帳にも、佐久田ほか二人、と書かれてありました」

「どんな者たちだったか、特徴などは覚えているか」

「先ほども言いましたが、三人とも顰め面で、三十代半ばから四十ぐらいでしたね。どこかの訛《なま》りが微《かす》かにあったようにも思いますが、ほとんど話しませんでしたので定かではありません」

「訛りか。じゃあ、どこかの定府《じょうふ》の藩士かな」

半太が口を出した。

「密談って、意外にできる場所が少ないですよね。居酒屋や料理屋の座敷などではほかの客もいるし、かといって出合《であい》茶屋を男同士で使うってのも気が引けるし。だから、こちらの昼間の部屋の貸し出しって便利だと、ずっと思っていたんです。密談には最適でしょう」

するとと亀吉も口を挟んだ。

「もし、その時の侍が藩士だとして、こちらの部屋を使ったたってことは、藩の屋敷でもしにくい話だったと考えられやすね」

一同は顔を見合わせる。

隼人は顎《あご》を撫《な》でつつ、目を泳がせた。

「三年前のその頃に、藩が絡んでいるような、何か大きな事件はあっただろうか。ちょっと思いつかねえなあ」

今より三年前といえば、享和《きょうわ》三年（一八〇三）である。

「確か大島《おおしま》が噴火しましたっけ。江戸にも灰が降ったような覚えがあります」

吾平が思い出すと、お竹も続いた。

「確か、麻疹《はしか》も流行《はや》っていましたよね」

「うむ。そのようなことがあったなあ。だが、どちらもその侍たちには関わりはねえだろうな。侍たちが噴火を起こした、麻疹を流行らせた、なんてことはねえだろうし」

「そうですねえ」

吾平とお竹は項垂《うなだ》れる。

「いや。何があったか、思い出してくれるだけでもありがてえ。その年でも、翌年のことでもいいんだ。侍たちが何かを企《たくら》んでいたとして、すぐに実行に移すとも限らねえからな。念入りに企てれば、実行するのは次の年にもなるだろう。つまりは今から二年前ってことだ」

二年前といえば文化《ぶんか》元年（一八〇四）だ。この年の正月から、里緒は女将を務めている。雪月花は里緒の祖父母の代、宝暦《ほうれき》五年（一七五五）から営まれており、創業五十一年。里緒は三代目の女将ということになる。

里緒は顎に指を当て、眉根を寄せた。

「確か、水無月《みなづき》頃に大雨があったように覚えています。お亡くなりになった方もいらっしゃいました」

「私も覚えていますよ。痛ましかったですよね。でも、その年は、特に大きな事件やほかの災害はなかったように思います。女将が代替わりして最初の年でしたから、よく覚えているんですよ。うちも再び活気づいていて」

お竹が里緒に微笑みかけると、隼人の面持ちも緩《ゆる》んだ。

「考えてみれば、里緒さんが女将を務めるようになって、三年しか経っていねえんだよな。その割りにはすっかり板についていて、大したもんだぜ」

思わぬところで褒められ、里緒は照れた。

「とんでもありません。まだまだ失敗も多くて、日々、反省を繰り返しております」

「なに、謙遜《けんそん》することはねえよ。今後ますます貫禄が出てくるだろう。今でも、なかなかのもんだがな」

「まあ、まるで私を肝っ玉女将のように仰って」

里緒が唇を尖らせると、笑いが起きて、空気が和んだ。

だがそれも束の間、吾平とお竹の疑いは続いた。

「それで……考え過ぎなのかもしれませんが。ほら、これは女将も覚えていますでしょう？　旦那さんと先の女将さんのお葬式の時に、玄関に飾っておいた家宝の置物がなくなっていたことを。きっと誰かが盗んだんですよ」

「家宝が盗まれただと？　初めて聞くぞ。里緒さん、本当なのか」

隼人は目を見開き、半太と亀吉は姿勢を正す。

里緒は神妙な面持ちで答えた。

「なくなったのは本当です。……盗まれたとは思いたくないのですが」

「女将の気持ちも分からなくはありませんがね、あれはどう見ても盗まれたとしか思えませんよ」

「そうですよ。皆で野辺送《のべおく》りに行って帰ってくる間に、消えていたんですもの。おまけに裏口の戸が掛矢《かけや》で壊されていたんですから」

裏口の戸が木槌で壊されていたという話に、隼人は思わず目を剥《む》いた。

「そりゃ完全な盗みじゃねえか。どうしてもっと早く言わなかったんだ」

里緒はうつむいた。

「ある方からいただいたものでしたので、正直、どれほどの値打ちがあるのか分からなかったのです。見た目は輝きがあって、確かに高価そうでしたが」

「誰にもらったんだ」

「四郎兵衛《しろべえ》さんというお客様です」

隼人は太い眉を掻いた。

「三郎兵衛の次は四郎兵衛か。よく来るのか」

「いえ。最後にお見えになったのは、四年ほど前です。それまで、三、四度ほどお見えになったように覚えております」

「ならば常連という訳ではないのか。なのに、よく家宝になるような大切なものをぽんとくれたもんだな」

隼人の問いには、里緒に代わってお竹が答えた。

「四郎兵衛さんが初めてここにお見えになったのは、確か十二年前頃でした。女将が言いましたように、それから三度ほどいらっしゃいましたね。吾平さんと私は四郎兵衛さんについては詳しいことは知りませんでしたが、風格のあるお方でしたよ」

「その人は侍ではないのか」

お竹は首を傾《かし》げた。

「なんと言いますか、お侍と大商人の真ん中みたいな雰囲気の方でした。今にして思えば、もしやどこぞの名主《なぬし》だったのかもしれません。苗字は名乗っていらっしゃいませんでしたが」

「ふむ。それで、その四郎兵衛なる者が家宝になるようなものをくれたんだな」

「そうなんです。初めてお見えになった時、旦那さんと先の女将さんと、なにやら楽しそうに話し込んでいらっしゃいました。私がお茶のお代わりを運びましたら、先の女将さんのはしゃぐ声が廊下にまで聞こえて参りましたもの。珍しいお話を聞かせてくださってありがとうございます、などと仰ってましたね。初めて聞くお話ばかりで感激です、とも」

「ふむ。四郎兵衛という男は、何か珍しい貴重な経験をした者なのだろうか」

隼人は顎を撫でつつ、勘を働かせる。

「ええ。その後、さりげなく旦那様方に訊ねてみたんです。四郎兵衛様とずいぶんお話が弾んでいらっしゃったみたいですね、どのようなお話をしてらしたんですか、と。そうしたら、旦那さんと先の女将さんは目と目を見交わして、笑みを浮かべるばかりで。秘密のお話、としか答えてくれませんでした」

「だから私たちも、四郎兵衛さんがどのような方かよく分からないままでした。宿帳を見れば、どこにお住まいだったかなどは分かると思いますがね。その四郎兵衛さんが旦那さんたちに置物をくださったのは、料理へのお礼だったんですよ」

吾平に続いて、里緒が口を挟んだ。

「それは、私も覚えています。当時、私は十二ぐらいで、手習いや稽古事が忙しくて、まだ旅籠のお手伝いはそれほどしておりませんでした。だから、当時の旅籠の事情は、正直よく分からないのです。でも、四郎兵衛さんが、お料理へのお礼で綺麗な置物をくださったことは、よく覚えております。本当に綺麗な置物で、両親が喜んでおりましたから」

「どのような置物だったんだ」

「それほど大きくはないのです。高さは七寸（およそ二一センチ）、幅は四寸（およそ一二センチ）ぐらいだったでしょうか。白猫の形の置物で、両目と胸のあたりに、美しいギヤマンのような石が飾られていたのです。きらきら輝いておりました」

「ギヤマンではなかったのか」

「はい。やはりどこか違うのです。初めて目にするようなものでした。何という石か母が四郎兵衛さんに訊ねたところ、ちゃま、とのことでした」

「ちゃま、か……初めて聞くぜ。どういう字を書くんだろうか」

「お茶の間の、茶間とのことです。四郎兵衛さんは母に、茶目っ気たっぷりに、こう仰ったとか。お茶の間に飾っておきたくなるような石だろう、だから茶間なんだよ、って」

隼人は苦笑した。

「それじゃ、本当かどうかは分からねえなあ。口からでまかせで言ったんじゃないのか」

「私もそう思いました。でも、石の名が本当に茶間だったのか、本当に値打ちのあるものだったのか確かではなくても、その置物は本当に美しかったんです。思わず見惚れてしまうほどに。私もそうですが、特に母は猫が好きだったので、その置物をそれは気に入ってしまって、家宝にすると言い出したのです」

「そうか。大切に仕舞っておかずに、玄関に飾ったには訳があるんだろうか」

「父曰《いわ》く、置物は四郎兵衛さんの思い出の品なのだから、この旅籠のお守り代わりとして玄関に飾っておこう、と。母も承知して、入口の棚に飾っておいたのです。艶やかな輝きを放っておりましたので、お客様にも好評でした。……おそらく私の両親は、四郎兵衛さんに思い出話を聞かされていたのでしょう。そして、その思い出話からは、何か得られるものがあったのではないでしょうか。だから、お守り代わり、という言葉が父の口から出たのだと思います」

「うむ。そうかもしれねえなあ。里緒さんのご両親がそうまで言ったってことは、四郎兵衛には人徳はあるようだな。いったい、どのあたりに住んでいたんだろう」

「当時の宿帳を探してみます」

吾平が立ち上がり、棚を調べ始める。

隼人たちは話を続けた。

「それで、その見目麗《みめうるわ》しい猫の置物が盗まれたって訳だな。それも、ご両親の野辺送りの際に。なんて卑劣な奴なんだ」

隼人は露骨に顔を顰める。

お竹は溜息をついた。

「盗まれたのはその置物だけだったので、今にして思えば、やはり高価なものだったのでしょうね。見る人が見れば、分かるものだったのかもしれません。うちの者たちは疎《うと》くて、高価なものだろうと薄々思っていても、それが如何《いか》ばかりのものか、見当もつきませんでしたから」

「で、それを盗んでいったのが、どうやら件《くだん》の侍たちじゃねえかと言うんだな」

「そうなんです。あのお侍たち、初めてうちへ見えた時、置物を見てぎょっとしたような顔をしたんです。三人で囲むようにじっくりと見ていて、なにやら不穏な雰囲気だったんですよ。ここへ最後に見えたのが、三年前の霜月で、その数日後に旦那さんと先の女将さんがお亡くなりになって、猫の置物までなくなった。お侍たちはそれから一向に現れない。となれば、盗んだのはそのお侍たちとしか思えませんでしょう」

「話を聞く限りはな。しかしよ、やはり届け出たほうがよかったぜ。藩士相手だといろいろ難しいが、物を取り返すことぐらいはできたんじゃねえかな」

お竹は肩を落とした。

「届け出ようかとも思ったのですが、正直、あの時は猫の置物どころではなかったんですよ。先代ご夫妻が揃って突然お亡くなりになって、新しく女将となった里緒様をはじめ、使用人たちも皆、打ちひしがれていましたからね。特に女将は、見ていられないほどに気落ちしてしまって……。それに加えて、下手に届け出たりすれば、あの侍たちの報復も怖かったですしね。猫の置物ぐらいで済むなら、どうぞお好きなように、というような気持ちでした」

棚を探しながら、吾平も口を挟んだ。

「その後で私も住み込みで働くようになりましたが、盗みに入られたことは、それ以来ありません。まあ私なんかでも、番犬代わりにはなっているんでしょう」

隼人は真摯《しんし》な面持ちで、吾平に告げた。

「だからと言って油断は禁物だぜ。裏口も、一番頑丈な錠前をつけておけよ。易々《やすやす》と壊されないようなものをな」

「かしこまりました、旦那」

吾平は宿帳を探す手を休め、隼人に一礼する。亀吉が腕を組んだ。

「しかし、胡散臭《うさんくせ》え侍たちだ。許せねえ。今からでも遅くありませんぜ。そいつらを見つけ出して、猫の置物を奪い返してやりやしょう」

「兄貴の言うとおりです。雪月花さんの家宝を盗むなんて、とんでもねえや。とっちめてやらないと、気が済まない」

意気込む半太の肩を、隼人は叩いた。

「気持ちは分かるぜ。とはいえ、すぐにとはいかねえかもしれねえが、その侍たちをどうにか見つけ出してやろう。里緒さん、それでいいかい？」

里緒は肩を竦めた。

「そんな……。猫の置物のことで、お手を煩《わずら》わせてしまっては、申し訳が立ちません。隼人様だってお忙しいのですから」

「まあ、忙しくなくはないぜ。だから、すぐには見つけることはできねえと言っているんだ。でも、どうにか必ず見つけ出すから、ちょっと時間をくれねえかい。それに、俺もその侍たちに何か不穏なものを感じるんで、少し探ってみてえんだ」

隼人に見つめられ、里緒は小さく頷く。

宿帳を見つけ出した吾平が、隼人にそれを渡した。

「四郎兵衛様がうちに初めてお泊まりになったのは、やはり十二年前、寛政《かんせい》六年（一七九四）の霜月十一日でした。二泊されて、お帰りになっています。居所は番町《ばんちょう》と記されてあります」

隼人は四郎兵衛の記述を睨め、首を傾げた。

「番町っていったら、大番組《おおばんぐみ》の者たちが住んでるところじゃねえか。じゃあ、四郎兵衛は大番組にゆかりがあるってことかな」

大番組とは江戸幕府の役人の職名で、戦の時に先頭に立ち、平時には江戸城・大坂《おおさか》城・京都《きょうと》二条《にじょう》城および江戸市中を交代で警備する者たちのことだ。

隼人が勘を働かせると、お竹は思い出したように手を打った。

「そうかもしれません。あとですね、四郎兵衛さんの近くに寄りますと、なにやら少し薬草のような匂いがしたんです」

「じゃあ、もしや四郎兵衛は医者ってこともあり得るな」

「あり得ると思います。それに、総髪《そうはつ》でしたしね」

「なるほどな。……で、四郎兵衛は、近頃はまったく訪れないのか」

「そうなんですよ。私、以前、先の女将さんに言ったことがあるんです。旦那さんとあんなに仲がよろしいのでしたら、四郎兵衛さんがもっとお見えになれればいいですね、って。そうしたら、先の女将さんは、四郎兵衛様はお立場上、あまり好き勝手にいろいろなところへは行けないのよ、って。だから我儘《わがまま》言ってはいけないわ、静かにお待ちしていて、お越しくださった時には心を籠《こ》めておもてなししましょう、って仰っていました」

里緒は顎に指を当て、首を傾げた。

「その後、四郎兵衛さんは、さらにご出世なさったのかもしれませんね。それでますます自由に動くことが叶《かな》わなくなって、うちにもお見えにならなくなってしまったのでは」

「今、おいくつぐらいなんでしょう。まだ存命でいらっしゃいやすよね」

亀吉が訊ねると、お竹が答えた。

「ここへ初めてお見えになった時は、四十を少し過ぎたぐらいだったから、今は五十代半ばぐらいでしょうね。丈夫そうな方だったので、ご存命でいらっしゃるとは思うのですが」

「旅籠などでは、突然来なくなる客ってのもいるだろうが、亡くなったという話は伝わってくるもんかい」

隼人の問いには、今度は里緒が答えた。

「もちろん耳に入ることもありますが、そうでないことが多いです。考えれば切ないことですが、一期《いちご》一会《いちえ》の思いで、日々おもてなしさせていただいております」

「うむ。まあ、一応、番町の医者を洗ってみるぜ。運よく四郎兵衛が見つかれば、猫の置物が実際にどの程度の価値があったのか、聞き出すことができるだろうからな」

「よろしくお願いいたします」

頭を下げる里緒たちに、半太が訊ねた。

「四郎兵衛さんにはどのような特徴があったか、もう少し詳しく話してもらえませんか」

「なかなか大柄で、丈夫そうではありましたよ。お顔もふっくらなさっていて、左の頬に黒子《ほくろ》がございまして。上品ですが、茶目っ気がおありになってね。律儀《りちぎ》な方で、どこかでお耳に挟まれたのでしょう、少し経って先代へのお香典も送ってくださいました」

「お酒もお好きでね。宿帳を見て確かめましたが、四郎兵衛様は、一度目は霜月に、後は正月二日か三日にお見えになっているんです。いつも酔っ払ってお見えになるのですが、確か初めていらした時、このようなことを仰ったんです。いやあ、今日は正月祝いだったから、つい飲み過ぎちゃってね、と。霜月に正月祝いだなんて、何をボケていらっしゃるんだろうと笑ってしまいましたよ」

お竹と吾平の話から、四郎兵衛という者の姿が徐々に浮かび上がってくる。

「呑むと陽気になる性分だったのだな」

「ええ。旦那さんと先の女将さんも交えて、お部屋で消灯間際まで呑んでいらっしゃいました。強いお酒がお好きなようで、諸白《もろはく》を買いにいかされましたよ」

「話を聞くに、四郎兵衛は少し変わってはいるが、よい客だったようだな。お内儀はいたのだろうか」

「いらっしゃったようですよ。二度目のお内儀様《かみ》が」

隼人は顎をさすりつつ、目を泳がせる。そこへ刻を告げる浅草寺《せんそうじ》の鐘の音が聞こえてきた。

「よし分かった。探りを入れてみるぜ。侍のほうもな。こんな刻だから、そろそろ暇《いとま》しよう。木戸が閉まっちまう」

「あら、いいじゃないですか。木戸を出られなくなったら、皆さんでうちに泊まっていらっしゃれば」

お竹に流し目を送られるも、隼人は鼻で笑った。

「ふん。手下を迎えにきて、皆でまた泊まっていったりしたら、それこそ大ボケじゃねえか。それはまたの機会にな。おい、お前ら、行くぞ」

「はいっ」

隼人が立ち上がると、半太と亀吉がそれに続く。

帳場を出るとすぐに玄関なので、半太と亀吉は草履を突っかける。

お竹が亀吉に声をかけた。

「治ってよかったわね。でもまだ無理しちゃ駄目よ。ゆっくり、仕事に戻っていきなさい。旦那も分かっていると思うからさ」

「そうね。激しい動きは、暫く慎んだほうがいいわ。半太さん、亀吉さんを支えてあげてね」

里緒に微笑まれ、半太は力強く頷く。

「はい。兄貴のこと、しっかり見ています。危ないことを仕出かさないように」

「やれやれ、弟分のお前にまで心配されちまって……情けねえやら、嬉《うれ》しいやら」

亀吉は、まだ晒《さらし》を巻いている頭を、そっと掻く。

「なに照れてるのよ、素直に嬉しいんでしょう」

お竹がすかさず口を出すと、和やかな笑いが起きた。

亀吉たちが玄関で立ち話をしている隙《すき》に、吾平は隼人の袂《たもと》を引っ張って、耳打ちした。

「一度、女将と話をしてみてくれませんか。旦那さんと先の女将がお亡くなりになった、本当の原因について」

隼人の目が見開かれる。

「どういうことだ。事故ではないってことか」

「お竹とも前から話していたんです。事故にしては、少しおかしいところがあると。我々ですら気づいているんですから、女将が気づいていないはずがないんです。あの時、女将は代官にもう一度調べてくれと頼んだのですが、事故死と決めつけられてしまいました。それで女将は、訝《いぶか》りながらも、その思いを抑え込むしかなかったのでしょう。女将は、未だに傷ついていると思います。お願いです、旦那。女将の相談に乗ってあげてください」

吾平は深く頭を下げる。

隼人は目を伏せた。

「里緒さんは、どうして話してくれなかったんだ」

「旦那に遠慮しているんでしょう。もし旦那に相談したら、解決している事件をもう一度調べ直してくれと言っているようなものだと思って。女将は気を遣う人ですからね。だから私がお願いしているのです」

「そうか……」

隼人は、玄関で半太や亀吉と談笑している里緒の後ろ姿を見つめた。

――里緒さんはあの華奢《きゃしゃ》な背中に重いものを背負いながら、毎日、笑顔で頑張っていたんだな。

里緒の両親について、吾平に言われるまで気づかなかった己の鈍さが、隼人は自分でも腹立たしかった。

「分かった。近々、里緒さんからじっくり話を聞いてみる。それで侍のことを話したんだな。もしや何か関わりがあるかもしれねえと」

「さようです。間違っているかもしれませんが、なにやら妙な雰囲気がする者たちだったので、一応お伝えしました」

隼人は吾平に目配せし、肩を叩いた。そして何事もなかったかのように、半太と亀吉に声をかけた。

「おう、俺たちみてえなむさ苦しい男がいつまでもお邪魔してちゃ迷惑だ。さっさと帰るぜ」

「おいらたち、旦那を待っていたんですよ」

「そうですぜ。番頭さんといったい何を話していらしたんで」

隼人は、ばら緒《お》の雪駄《せった》を履き、二人に微笑んだ。

「それは男同士の秘密、ってやつだ」

「ははん。旦那と番頭さんは、ただならぬ仲ってことですかい。それで、いちゃいちゃなさっていたと」

隼人は亀吉を睨《ね》めた。

首を竦める亀吉に、お竹が微笑んだ。

「それだけ言えるようになれば大丈夫よ。すっかり元気になったわね」

「はい。これも雪月花の皆様のおかげです。本当にありがとうございやした」

亀吉は改めて礼を述べ、深々と辞儀をした。

雪月花から借りた提灯《ちょうちん》を手に、冷たい夜風に吹かれつつ、隼人たちは帰っていった。

里緒は自分の部屋へと戻り、両親と祖父母の位牌が置いてある仏壇に向かって、手を合わせた。仏壇には、薄紫色の菊の花が飾られている。

それから炬燵《こたつ》に当たり、一息ついた。霜月の底冷えする夜だ。吾平とお竹から妙な侍たちの話を聞いたせいか、両親の死への疑いが浮かんでは消えた。


亡くなった両親は、一人娘の里緒をとても可愛がって育ててくれた。

里緒は十七の頃から本格的に両親を手伝うようになり、お客のもてなしも始めた。浅草小町《こまち》などと呼ばれていた里緒だが、縁談に乗り気になれず、花嫁姿を見せる前に、両親は逝ってしまった。深い悲しみに打ちひしがれた里緒を励ましてくれたのは、雪月花で働く皆だった。

――これからは里緒様が中心となって、この雪月花を守《も》り立てて参りましょう。それこそが、亡くなられた旦那様とお内儀様への一番の手向けとなります。

そう言ってくれたのだ。

両親が逝ってしまったことは辛いけれど、いつまでも落ち込んでいる訳にはいかなかった。旅籠で働く者たちのことだって考えなければならないからだ。

周りの者たちに支えられ、里緒は悲しみを堪えて、旅籠を守っていくことを、両親の仏前で気丈《きじょう》に誓った。

こうして里緒は雪月花の三代目の女将となり、皆と一緒に日々張り切っている。里緒は自分を支えてくれる雇い人たちを、とても大切に思っていた。彼らも里緒を慕っており、血は繋がっていなくても、今や家族のようなものだ。

皆と力を合わせ、笑顔で奮闘する里緒だが、心の内には未だに深い悲しみが残っている。両親の死が本当に事故だったのか否か、不審な点が残っているからだ。それゆえに里緒は、いっそう引きずってしまっていた。

父親の里治《さとじ》と母親の珠緒は、信州の諏訪に湯治《とうじ》に出かけた帰り、板橋宿の王子《おうじ》稲荷の近くで骸《むくろ》となって発見された。そのあたりは御府外となり、代官の調べによると、音無渓谷を見にいって足を滑らせたのだろうとのことだったが、里緒はなにやら解《げ》せなかった。里治も珠緒も高いところが大の苦手で、とても渓谷を見にいくとは思えなかったからだ。

それを告げても代官は深く調べてくれることはなく、事故で片付けられてしまった。その釈然としない思いが里緒の心にしこりを残し、未だに痛むのだ。

里緒は両親の死の疑問について、隼人に相談しようと思いつつ、まだ話していなかった。お互いに忙しいこともあるし、自分の勝手な憶測で、町奉行所の役人である隼人の手を煩わせることになってしまっては、申し訳が立たない。両親の死に不審な点があるというのは、里緒の思い込みかもしれないからだ。

既に事故で片付けられていることを相談するのは、暗にもう一度調べてほしいと言っているようなもので、厚かましいのではないかと躊躇《ためら》う気持ちもあった。

――でも、そろそろ隼人様に、打ち明けてみようかしら。お父さんとお母さんの死について、私がずっと疑いを抱いていたことを。

吾平とお竹が、両親が亡くなる前にあった妙な出来事を話してくれたので、里緒も言い出しやすいような気がした。

――そのお侍たちが本当に関わっていたかどうかは分からないけれど、隼人様も不審に思われたみたいですもの。だから、調べてみると仰ったのよね。

里緒はようやく、隼人に話そうと決心した。

元来の推測好きが災いして、男を見抜いては冷めていた里緒が、同心の隼人に心を開いていることは確かである。

隼人は齢三十三、里緒より九つ年上だ。柳腰《やなぎごし》の里緒に対して、隼人はぽっちゃりと福々しく、なんとも温かみがあった。隼人はモテる。それも美女ばかりに。

三枚目だけれど心優しい隼人には、女たちも和んでしまうのだろう。

隼人とは反対に、里緒は色白ですらりとしており、髪先から爪先にまで美しさが行き渡っている。顔は卵形、切れ長の大きな目は澄んでいて、鼻筋は通っているが高過ぎず、口は小さめで唇はふっくらとしている。そのような容姿の里緒は、白兎《しろうさぎ》に喩《たと》えられることがある。子供の頃から踊りを習っていたので、立ち居振る舞いも麗しい。

外見が嫋《たお》やかながら心根が頑固な里緒は、このまま理想の男が現れなければ、女将の仕事だけをまっとうして生きていくと断言している。里緒のそのような心意気が功を奏しているのか、雪月花は代替わりしてから、以前にも増して繁盛していた。

雪月花で働いている者たちは、里緒を含めて六人だ。

番頭の吾平は五十六で、雪月花に勤めて三十一年になる。商いに秀でており、躰《からだ》も丈夫で、皆から頼りにされていた。ずっと通いで勤めていたが、女房に先立たれ、子供も独り立ちしているので、一昨年前からは住み込みで働くようになった。里治が亡くなって雪月花に男手がなくなり、里緒が心細げだったからだ。頑健な吾平は、いざとなれば、この旅籠の用心棒代わりにもなるのだ。

仲居頭を務めるお竹は四十三で、こちらも雪月花に勤めて二十年以上の古参である。背筋がすっと伸び、所作もきびきびとしていて、まさに竹の如き佇《たたず》まいだ。若い仲居のお栄とお初を指導しており、時に厳しく叱ることもあるが、いつもは温かく見守っている。

お竹は二十一年前に所帯を持ち、暫く通いで勤めていたが、十一年前に離縁してからは住み込みで働いている。離縁に至ったのは、どうやら元亭主の浮気癖が原因のようだ。

今では独り身の吾平とお竹は、夫婦になってはいないがいい仲で、里緒の親代わりのようなものである。里緒もまた、子供の頃から馴れ親しんでいるこの二人を、とても信頼し、実の親のように慕っていた。

仲居を務めるお栄は十九で、雪月花で働くようになって四年目だ。武蔵《むさし》国は秩《ち》父《ぶ》の百姓の娘で、大柄で明るく、至って健やかである。お客の前では気をつけているが、気が緩むと自分のことをつい「おら」と言ってしまい、お竹に窘《たしな》められることがあった。

同じく仲居を務めるお初は十八で、雪月花で働くようになって三年目だ。下総《しもうさ》は船橋《ふなばし》の漁師の娘で、小柄で愛嬌があり、毎日てきぱきと働いている。一年前、怖い目に遭ったが、その時に受けた痛手もすっかり癒えたようで、無邪気な笑顔が戻っていた。

この二人は部屋も一緒でとても仲がよく、休憩の時にお喋りに夢中になり過ぎて、お竹に叱られることもある。お栄もお初も素直な心を持っており、里緒は二人を本当の妹のように可愛がっていた。

料理人を務める幸作《こうさく》は二十九で、雪月花で働くようになって八年目だ。それまでは日本橋の料理屋で修業をしていた。腕がよく、幸作が作る料理は、雪月花の目玉になっている。里緒に褒められると嬉しくて、さらに腕を磨こうとする。それでまた雪月花の料理の評判が、一段とよくなるのだった。まだ独り身の幸作は里緒に仄《ほの》かに憧れているので、褒められるとよけいに嬉しいのだ。

これらの面々が、ともに励まし合い、支え合い、雪月花を守り立てていた。

二

師走《しわす》に入り、寒さがいっそう募る折、隼人が雪月花を訪れた。

五つ（午後八時）過ぎ、旅籠の仕事が落ち着く頃だ。隼人は里緒に用がある時は、大抵この刻に姿を現す。

里緒は温かみのある紅梅色の着物姿で、隼人を迎えた。

「いらっしゃいませ。どうぞお上がりください」

「おう。ちょいと邪魔するぜ」

隼人は里緒に目を細めつつ、雪駄を脱いで上がり框《かまち》を踏んだ。すると、ちょうど板場から幸作が出てきた。雪月花で働く者たちはほとんど住み込みだが、幸作だけは通いで勤めている。

隼人と幸作の目が合い、隼人は微笑みかけたが、幸作はすっと目を逸《そ》らした。

「おう、ご苦労さん。気をつけて帰れよ」

「はい。……失礼します」

幸作は小声で返すと、さっさと草履を履き、隼人と里緒に会釈をする素振りで、目を合わさないように出ていってしまった。

「どうしたんだ、あいつ」

隼人は怪訝《けげん》な顔で、格子戸《こうしど》に目をやる。里緒は溜息をついた。

「近頃、少しおかしいんです。元気がないといいますか、ぼうっとしていることが多くて。仕事はちゃんとやっておりますので、それほど心配はしていないのですが、やはり気になります」

「一度、医者に診てもらったほうがいいんじゃねえかな。躰の具合がどこか悪いのかもしれねえぜ」

「やはりそのほうがよろしいですよね」

するると帳場から吾平が顔を出した。

「いや医者に診てもらっても治らないと思いますよ」

里緒と隼人は目を見合わせる。

「それほど重篤《じゅうとく》な病だというの？」

「それとも何か重大な心配事でもあるのか」

吾平は思わず苦笑した。

「まあ、どちらかと言えば、旦那が仰るほうでしょうな。あの年頃の病といえば、恋煩いに決まっていますよ。……まあ、女将も旦那も、鋭いようで鈍いところもありますからね。今までお気づきにならなかったのかもしれませんが」

里緒と隼人は再び目と目を見交わす。里緒は指を顎に当て、首を傾げる。

隼人は微かな笑みを浮かべ、里緒の肩に手を置いた。

「幸作のことは、薄々分かった。命に関わる病じゃねえから、放っときゃ治るぜ。

ところで里緒さん、今日は俺を部屋に通してくれねえのかい」

「あ、失礼いたしました。どうぞこちらへ」

里緒は慌てて、隼人を案内した。

自分の部屋に隼人を通すと、里緒は炬燵《こたつ》を指して座るよう促したが、隼人は立ったまま訊ねた。

「仏壇を拝んでもいいかい」

「もちろんです。両親も祖父母も喜びます」

二人は微笑み合う。隼人は仏壇の前に立ち、線香をあげ、目を瞑《つむ》って手を合わせた。隼人の大きな背中を眺めながら、里緒の胸は熱くなる。隼人は目を開けると、振り返り、里緒に頷いた。

お竹が柚子《ゆず》茶を運んできて、すぐに下がった。香り立つ柚子茶を一口飲むと、里緒はなにやら心が落ち着いた。今日なら話せると思い、口火を切った。

「前々から一度、隼人様にご相談したいと思っておりました。……両親の死について、不審に感じているのです」

「うむ。先日、番頭とお竹が話していたことを聞いて、なにやらおかしな点があると、俺も思った。おそらくあの二人も不審に感じていて、あのようなことを喋ったのかもしれねえ。里緒さんの思い違いという訳ではないだろう。だから、胸の内を洗いざらい語ってくれ。思っていたこと、気づいていたこと、なんでもいい。俺でよければ、いくらでも相談に乗るぜ。里緒さんの大切なご両親に関わることだからな」

隼人に真摯な眼差しで見つめられ、里緒の目が潤む。思わず涙をこぼしてしまった里緒に、隼人は袂から手ぬぐいを取り出して渡した。

「汚えもので悪いけれどよ。やもめってのは、こういうところがだらしねえよな」

隼人は頭を掻く。よれた手ぬぐいを頰に押し当てながら、里緒は首を大きく横に振った。

「ありがとうございます。ちゃんと洗ってお返ししますので」

鼻声の里緒を、隼人は優しい目で見つめる。

「もっと早く話してくれてよかったんだぜ。一人で抱え込んで、辛かっただろうに。里緒さん、もうこれからは俺にはどんなことでも遠慮するな。困ったことや、思い悩むことがあったら、相談してくれ。できる限り、力になるからな」

里緒は手ぬぐいで顔を覆《おお》い、幾度も頷《うなず》く。涙が溢《あふ》れ出して、抑えきれなかった。

落ち着いてくると、里緒はゆっくりと話し始めた。

「どうしても解せないのは、父も母も高いところが大の苦手なのに、わざわざ渓谷を見にいったということです。父と母の遺体を確かめに板橋宿へ参りました折、私も音無渓谷を見ましたが、凄い傾斜でした。崖のようなところに茶屋があって、松や桜の木が立っていましたが、あそこからいったいどうやって足を滑らせたというのでしょう。その頃は紅葉が盛りだったと思いますが、いくら眺めがよいからといって、高いところが苦手な者が、身を乗り出してまで見るものでしょうか」

「確かにそうだよな。音無渓谷には俺も行ったことがあるが、まさに崖というか絶壁のようになっていて、あそこで観光するのは危険だと思われた。高いところが苦手な者なら、まず近寄らねえだろう。で、代官はいってえなんと言っていたんだ」

「崖の下は道になっていて、そこにも桜などの木々が植えられていたのです。それゆえ、それらを眺めようとして、身を屈めて覗《のぞ》き込んだ際に、足を滑らせたのだろうと。でも……どうしても無理があるように思えてならないのです。あの傾斜で、下を覗き込むようなことを、父と母がする訳がないと」

隼人は顔を強張《こわば》らせて、腕を組んだ。

「音無川は滝野川《たきのがわ》とも言われるよな。〝音無〟って名とは裏腹に、滝のように流れが激しいんだ。なかなか危ねえところなんだよ」

音無川は、弁天《べんてん》の滝、不動《ふどう》の滝、王子の大滝などが流れ落ちるほどの急流である。

「そうなのです。だからどうしても訝ってしまうのです。信州の帰りに板橋宿へ立ち寄って、名所である王子稲荷を観にいきたくなる気持ちは分かります。でも……音無渓谷での行動は、甚だ疑問なのです」

隼人は目を伏せ、低い声を出した。

「里緒さんの前では言いにくいが……。こういう考えが浮かぶよな。ご両親は、もしや誰かに突き落とされたのではないか、と」

それを聞いて里緒は項垂れた。

「そうなのです。……私は予《かね》て、そのような気がしてなりませんでした。何者かに、あの崖のような場所に呼び出されたか、もしくは、何者かに尾《つ》けられていて、あの場所で突き落とされたのではないでしょうか」

「それがもしかしたら、里緒さんの母上に秘密の話を聞かれたと勘違いした侍かもしれないということか」

「そうなのかもしれません。……この前、吾平とお竹からその話を聞くまで、両親は殺《あや》められたのではないかと察しつつも、下手人が思い当たらなかったのです。でも、もしや、そうなのではないかと」

隼人は温くなった柚子茶を啜り、息をついた。

「調べてみたところ、その侍たちがここを訪れていた頃から今にかけて、どこかの藩の中で大事件が起きたという話はあまり聞かねえ。藩主や跡取りが暗殺されたなどという話も聞いてない。何かが起きて、内々で処分を済ませちまったってのはあるだろうがな。だが、立ち聞きされたことにそれだけ過敏になるというのは大きな問題なのだろうから、噂は流れてくるとは思うのだが」

里緒は溜息をついた。

「いったい、どんな話をしていたというのでしょう。それにしても、お侍を探すにしても、手懸かりがなさ過ぎますね。やはり諦めるしかないのでは」

「いや、諦める必要はねえよ。里緒さんが正直な気持ちを話してくれたんだ。何が何でもその侍たちを突き止め、ご両親の死の真実を明かしてみせるぜ。少し時間はかかるかもしれねえが、里緒さん、待っていてくれ」

隼人に見つめられ、里緒の目がまた不意に潤む。

「今日、お話しできてよかったです。私の話を聞いてくださって、本当にありがとうございました」

里緒は姿勢を正してから、畳に額をつけるように深々と礼をした。

隼人は里緒の肩に、そっと手を置いた。


雪月花では、だいたい四つ（午前十時）に発つ客を見送り、八つ（午後二時）に新しい客を迎え入れる。里緒はこの時、着物の上に半纏《はんてん》を羽織っている。藍染《あいぞめ》の半纏の衿《えり》には「雪月花」と旅籠の名が、背中には雪と月と花を組み合わせた屋号紋が、染め抜かれているのだ。里緒は客を迎え入れる時と見送る時は、旅籠の名と紋が入ったこの半纏を必ず羽織ることにしている。それは吾平とお竹も同様だが、吾平はほぼ常に纏《まと》っていた。

客が荷物を下ろして、上がり框に腰かけると、お栄とお初が盥《たらい》を運んできて、その足を洗い、手ぬぐいで拭う。玄関の右手に階段があり、吾平が客の荷物を持って部屋へと運ぶ。里緒に案内されて客が部屋に入ると、お竹がお茶を持ってくる。そこで里緒とお竹の二人が、改めて客に挨拶するのだった。

雪月花の二階には、客用の部屋が全部で十ある。一階には里緒たちの部屋、皆で集まったりご飯を食べたりする広間、帳場、内湯、厠《かわや》などがある。江戸の町では火事が多かったため、それを防ぐということで内湯は表向き禁じられているが、暗黙の了解のように、お目こぼししてもらっている。その内湯と厠は、客用と里緒たち雪月花の者たち用に分かれている。客用の内湯と厠はまた、男用と女用に分かれていた。

このあたりには浅草寺をはじめ寺社が集まっているので、遠方から訪れた者たちが参詣の後に泊まることが多い。吉原《よしわら》にも近いので、やはり遠方から遊びにきた者たちが帰りに泊まっていくこともある。

隣の花川戸町《はなかわどちょう》は料理屋や居酒屋が多くて賑わっているところなので、そちらに遊びにきて帰りが遅くなってしまった者たちも訪れることがあった。

また、雪月花は泊まりのお客だけでなく休憩で使う客にも、だいたい八つから七つ半（午後五時）ぐらいまで部屋を貸していた。

雪月花に一泊する代金は、二食に弁当がついて、一人およそ五百文《もん》だ。九《く》尺二間《しゃくにけん》の裏長屋の、一月分の家賃ほどである。休憩の場合は一部屋百五十文で、これに人数分の料理代や酒代が加算されるので、居酒屋で下り酒三合《ごう》につまみ五品を呑み食いするほどにはかかる。お代をいただく以上は最善のもてなしをしようと、里緒は常に心がけていた。

雪月花の立地上、お客の好みに合わせて、隅田川《すみだがわ》を望む部屋、浅草寺を望む部屋のどちらかを選んでもらえる。今は冬枯れの景色だが、それもまた墨絵のようで乙《おつ》なものだと、お客たちは風流を楽しんでいた。

師走十三日の煤払《すすはら》いを終え、里緒たちは一息ついた。毎年、お客が外に出ている昼間のうちに終えるようにしている。だが雪月花の皆は、日々丁寧に掃除をしているので、煤払いといっても特別なことをする訳ではなかった。より念入りに、隅々まで浄《きよ》めるといった程度だ。

そしてその後で、茂市《もいち》に急いで障子を張り替えてもらった。茂市はせせらぎ通りで経師屋《きょうじ》〈大鳥屋《おおとり》〉を営んでいる、齢四十五の穏やかな男だ。腕のよい茂市は素早く仕事を終わらせ、里緒たちから感謝された。里緒が茂市に温かいものを出すと言うと、茂市は恐縮しつつも喜んだ。

里緒は茂市を、囲炉裏《いろり》が切ってある広間へと案内した。お栄が火を熾《おこ》していたので、部屋は既に暖まっている。茂市が囲炉裏の傍の座布団に座ると、お初がすぐにお茶を運んできた。それを飲み、茂市は一息ついて目を細めた。

里緒たちは、茂市をはじめ、せせらぎ通りの人々とも懇意にしている。今年と来年は、せせらぎ通りの纏め役が雪月花で、纏め役補佐が大鳥屋なのだ。この役目は、せせらぎ通りのどの店も二年おきに交替で務めることになっている。つまりは通りの自治を守るということで、何かがあった時は話し合いも必要となった。

今年は、せせらぎ通りの者たちが事件に巻き込まれることが起き、その影響でそれぞれの商いにも支障が出そうになったが、それを乗り越えて、近所同士の絆《きずな》が強まったようだ。

お栄が運んできた料理を見て、茂市は目を瞬《しばたた》かせた。

「これは鰻《うなぎ》の蒲焼きではないですか。私の大好物だ。いただいても、よろしいんですか」

「もちろんです。冬の鰻は丸々として脂《あぶら》が乗っておりますので、お客様にも好評なんです」

茂市は唇を少し舐めて、ご飯と一緒に、タレの染みた鰻を頬張る。相好《そうごう》を崩す茂市を眺め、里緒も笑みを浮かべた。

茂市は瞬く間に食べ終え、お茶を啜った。

「ご馳走様です。いや、まことに美味でした。疲れが吹き飛びましたよ」

「この時季は特にお忙しいですものね。我儘申し上げて、申し訳ございませんでした」

「いえいえ、ご遠慮なく、何でもお申しつけください」

「まあ、頼もしいですわ」

二人は微笑み合う。この広間は日当たりがよく、大きな障子窓から日が差し込むので、師走でも昼間はなかなか暖かい。囲炉裏に置いた五徳《ごとく》の上で、鉄瓶が湯気を立てていた。

茂市は礼を述べて、帰っていった。

三

雪月花は、師走も賑わっている。江戸で来年に向けての商談をする者や、一年の終わりに旅を楽しむ者たちが訪れるからだ。

常陸国《ひたちのくに》は土浦《つちうら》で醬油《しょうゆ》醸造を営んでいる時蔵《ときぞう》とお裕《ゆう》の夫婦も、芝居と歳《とし》の市《いち》を目当てに、毎年この時季に雪月花を訪れる。十七日、十八日には、浅草寺で歳の市が開かれるのだ。

「いらっしゃいませ。戸田《とだ》屋様、お待ちしておりました」

撫子《なでしこ》色の着物に藍染の半纏を羽織った里緒が迎えると、時蔵とお裕は顔をほころばせた。

お栄とお初が速やかに足を洗い、吾平が荷物を持って二階へ上がり、里緒が二人を部屋に通す。

一息ついてもらったところで、お竹がお茶を運び、すぐに下がった。

「いやあ、やはりこの宿はいいねえ。落ち着くよ」

時蔵とお裕はお茶を飲みながら、部屋を眺める。張り替えたばかりの障子は日差しを浴びて清々《すがすが》しく映え、床の間に飾った水仙《すいせん》はみずみずしく香り立っている。

ともに齢四十ぐらいの穏やかな夫婦に、里緒は微笑んだ。

「ごゆっくりお寛《くつろ》ぎくださいませ」

時蔵とお裕は、明日は浅草寺の歳の市に赴《おもむ》くようだ。

「人混みの中、いろいろと見て歩くのも、よいものだからね」

「お気をつけて行っていらしてください」

里緒の澄んだ声は耳に心地よいのだろう、夫婦は目を細めて頷く。

二人があたっている炬燵の布団は、艶《あで》やかな山茶花《さざんか》の柄だ。時蔵は煙草盆《たばこぼん》を引き寄せ、煙管に火を点《つ》ける。ゆっくりと煙草を喫しながら、訊ねた。

「今宵の夕餉《ゆうげ》は何だろう」

「鮟鱇《あんこう》鍋でございます」

「それはよいな」

「主人も私も大好物よ」

時蔵とお裕は満足げに頷いた。


夕餉の片付けを終えると、里緒はお栄とお初に声をかけた。

「あなたたちも、明日は歳の市に行ってきてね。お買い物を頼みたいの」

「はい、かしこまりました」

お栄とお初は笑顔で声を揃える。里緒は二人を優しく睨んだ。

「あくまでもお使いだからね。はしゃぎ過ぎたりしないで、七つ半までには必ず戻るように」

「はい、もちろん分かっています」

二人とも、特にお初は殊勝《しゅしょう》な顔で答える。お初は道草が原因で、事件に巻き込まれたことがあるからだ。

素直な返事を聞いて、里緒の頬が緩んだ。

「お栄、お初。お願いね」

里緒は二人に微笑み、自分の部屋へと入った。年賀状書きに取りかかる。里緒は両親の喪が明けてからは、毎年、お客たちや知人、お世話になった人たちへ、年賀状を送っているのだ。

その前に雨戸を閉めようと、小さな庭に面した障子戸を開けた。この庭には、里緒が好きな椿《つばき》の木が植えられている。暑い季節には白い夏椿《なつつばき》が、寒い季節には紅い寒椿《かんつばき》が咲いて、艶やかな彩りを楽しむことができた。

艶やかに咲く寒椿を眺め、里緒は胸にそっと手を当てる。冷たい夜の空気の中、椿は仄かに光っているように見えた。

暫く見惚れていたが、小さなくしゃみが出たので、里緒は雨戸と障子戸を閉めた。

それから炬燵にあたり、姿勢を正して、筆を執った。三枚を書き上げたところで、里緒はふと思い出した。

――そういえば、お父さんは生前、確か日記をつけていたわ。あの日記はどこへいってしまったのかしら。……誰かが捨てたということは、ないと思うけれど。

急に気に懸《か》かり、里緒は腰を上げて、部屋を出た。帳場へと行き、吾平に訊ねてみる。

「ねえ、父の日記はどこに仕舞ってあるのかしら」

帳簿を睨んでいた吾平は、眼鏡を外して、里緒を見た。

「日記、ですか。……確かに旦那さんは、つけてらっしゃいましたね。毎日という訳ではありませんでしたが、気が向いた時には。どこかにあるはずですが、どこに仕舞ったんでしょう」

吾平が首を傾げるところへ、お竹も帳場に入ってきた。里緒が同じことを訊ねると、お竹も首を捻った。

「旦那さんの日記、ですか。探せばあるはずですよ。うちには、形見の品を勝手に処分するような阿呆《あほ》はいませんからね。ただ、どこに仕舞ったかは、私も思い出せません。……この部屋にあるような気がしますがね」

お竹は早速、棚を調べ始める。

里緒は二人に告げた。

「すぐに見つからなくてもいいの。ふと思い出しただけだから。そういえば父は日記をつけていたな、って。もしあれば読んでみたいから、暇な時にでも探してみて。私も納屋などを見てみるわ」

「承知しました。この部屋にはいろいろな帳面が置いてありますので、少し時間がかかるかもしれませんが、探してみます」

吾平とお竹は里緒に約束した。

翌日は、雲一つない快晴だった。歳の市へ向かうお栄とお初を、里緒たちは見送った。

黄八丈《きはちじょう》に茜《あかね》色の半纏を羽織った二人は、里緒たちに手を振り、元気よく浅草寺へ向かった。

二人は自性院《じしょういん》など寺が集まっている一帯を通り抜け、雷《かみなり》門ではなく随身《ずいじん》門から浅草寺の中へ入った。雪月花からはこちらのほうが近道なのだ。すぐさま、日差しを浴びて輝く、朱色の五重塔が目に飛び込んでくる。

人が溢れかえる中、楊枝《ようじ》屋が両側に連なる道を、二人は飛び跳ねるように進んだ。本堂でお詣りを済ませ、目指すは仁王《におう》門だ。歳の市はそのあたりで開かれている。

十七日と十八日は仮屋が設けられ、正月を迎えるための品々が売られるのだ。門松《かどまつ》、注連《しめ》飾り、蓬莱《ほうらい》飾り、盆栽、三方《さんぼう》、神棚、若水桶《わかみずおけ》、破魔《はま》矢《や》、羽子板などがずらりと並んでいる。お栄とお初は嬌声《きょうせい》を上げた。

二人は愛らしい羽子板に悶絶《もんぜつ》し、大いにはしゃぐ。里緒に頼まれていたのは、門松、注連飾り、若水桶、破魔矢、来年の干支《えと》の置物だ。ちなみに若水桶とは、元旦に初めて水を汲む時に使う桶のことである。それらに羽子板を追加して、買い物を済ませた。

仁王門の近くには二十軒茶屋があり、その裏には小芝居小屋が立ち並んでいる。二人は水茶屋に目をやった。

「女将さん、お茶でも飲んでいらっしゃい、って言ってたよね」

「うん。お言葉に甘えて、飲んでいこうか」

お栄とお初は笑顔で頷き合い、荷物を抱えて水茶屋に向かう。すると、雪月花に泊まっている時蔵とお裕が、ちょうどそこから出てきた。お栄とお初は目を見開き、丁寧に会釈をした。

時蔵たちは、風呂敷包みを手にしていた。雪月花弁当を包んだものだ。

旅籠では普通、朝餉と夕餉は出すが、昼餉は出さない。雪月花もそうであるが、その日に発つお客には、昼飯用に弁当を持たせることにしている。もちろん宿泊中のお客にも、望まれれば作る。この弁当がまた美味《おい》しいと評判で、客たちの間では雪月花弁当と呼ばれて愛されているのだ。

楽しんでいるところを邪魔しては悪いと、お栄とお初が静かに通り過ぎようとしたところ、時蔵が話しかけてきた。

「ちょっと訊きたいのだが、料理人は昨年と変わったのかな」

「いえ、変わっておりません。長らく、同じ者が務めています」

お栄が答えると、時蔵はお裕と目を見合わせ、首を傾げた。

「そうか……。いや、それならいいんだ。二人でお茶を飲むところなんだろう。邪魔してすまなかった」

「そんなことございません」

お栄とお初は揃って頭を下げる。

時蔵とお裕も礼を返し、人込みに紛れていった。

約束どおり、七つ半前に戻ってきた二人に、里緒は微笑んだ。

「お帰りなさい。賑わっていたでしょう」

「はい。もう、人が凄くて。でも、いろいろなものが見られて楽しかったです」

「年の瀬なんだなあって、改めて思いました。なんていうか、空気がいつもと違っているような」

「そうね。今年も、あと十日余りですもの。年が暮れていくことを、日に日に実感するわね」

しみじみする里緒に、お栄は笑顔で羽子板を差し出した。

「来年の干支が描かれています。女将さんみたいな兎、縁起がよいので買ってしまいました」

里緒は目を瞬かせ、喜びの悲鳴を上げた。結構響いたようで、帳場から吾平とお竹が、板場から幸作が顔を出す。

「どうしたんですか、女将」

「ほら、見て！　お栄とお初が買ってきてくれたの。こんなに可愛い兎の羽子板！」

里緒は嬉々《きき》として羽子板を振り回す。お竹が笑った。

「まあ、女将ったら子供みたいに喜んで」

「女ってのは、いくつになってもそういうものが好きですなあ」

「そうよ、吾平。この羽子板、玄関に飾りましょう。皆に愛される兎のように、雪月花も皆様にご贔屓《ひいき》いただけますようにとね」

お初が手を打った。

「そうですよね。兎を嫌いな人って、あまりいませんもの。兎の飾り物は、この旅籠にぴったりです」

「ああ、なんだか、兎を飼いたくなってしまいます」

お栄が悶《もだ》える。皆で笑い声を上げているところ、幸作は何も言葉を発することなく、板場へとすっと引っ込んだ。お初は幸作の異変に気づいたようだった。

夕餉をお客たちに運んだ後で、お栄とお初は里緒に告げた。浅草寺で偶然会った時蔵に、料理人が変わったかどうか、訊ねられたことを。

「そんなことがあったのね……」

里緒は顎に指を当てて思いを巡らし、二人に微笑んだ。

「教えてくれてありがとう。でも、このことは、幸作には言わないでね」

「はい、もちろん。分かっています」

お栄とお初はしっかりと答えた。


夕餉の膳を下げる時、里緒は時蔵とお裕に訊ねてみた。

「仲居の二人に聞きましたが、お料理、どこか変わったことがございましたか」

時蔵もお裕も、夕餉を少し残していた。

「うむ。旨いことは旨いのだが、なにやら、いつもとは少し違うと思ったんだ。味に切れがないというか、ぼやけてしまっているんだよ」

「こちらのお料理、いつも楽しみにしていたんです。でも、どうしてか今回は……。煮物にも、火がよく通っていなくて」

お裕は、残した煮物を指で差す。里緒は慌ててよく見て、顔を強張らせた。

「これは……たいへん失礼いたしました。代わりのものを、すぐにご用意いたします」

「女将さん、そこまでお気遣いなく。浅草寺でいろいろ食べて参りましたので、お腹はもういっぱいなんです。それもあって残してしまったので、心配しないでください」

　お裕の優しい言葉に、里緒はいっそう恐縮して、二人に深々と頭を下げた。

「重ねてお詫びを申し上げます。本当に申し訳ございませんでした。お食事の分はすべて、お代から引かせていただきますので、お許しくださいませ」

　里緒は通り一遍の味見をして、時間がないのでそのまま出してしまった。味に加えて、火の通りまで均一に行き渡ってなかったとあれば、旅籠の完全な落ち度だ。

　平謝りの里緒に、時蔵とお裕は狼狽《うろた》えた。

「女将、頭を上げてくれ。あなたが悪い訳ではないのだから。女房と話していたんだ。もしや料理人は、具合がどこか悪いのではないかと。そういうことはないのかい」

「いえ……。いつもと変わらないとは思います。でも、一応、訊ねてみます」

　時蔵は溜息をついた。

「嫌な思いをさせてしまって、悪かった。許しておくれ。まあ、人間は誰でも、調子がよい時と悪い時というのがあるからな。風邪を引いて、味覚が変わるということもあり得る」

「今回は少し物足りなかったけれど、また次回に期待しているわ。女将さん、料理人さんを怒らないであげてね。いつもは驚くほど美味しいのだから」

お裕に手を握られ、里緒は頷いた。

「はい。怒ることはいたしません。戸田屋様から伺ったとも、申しません。お約束いたします」

里緒は真摯な面持ちで、夫婦に告げた。

幸作が仕事を終えて帰るのは五つ頃なので、里緒はその時に話を聞いてみようと思ったのだが、予期せぬことが起きた。

夕餉を片付けた後、幸作が板場で倒れたのだ。里緒は驚いたが気丈に振る舞い、お竹に医者を呼びにいかせた。

吾平が幸作を担いで広間へ運び、寝かせる。お栄とお初は搔巻《かいまき》を運んできて幸作にかけ、急いで火を熾した。

幸作の躰は冷え切っているのに、額は熱く、息も荒い。

里緒たちが見守る中、お竹に連れられて医者が来て、幸作を診た。発熱しており、疲れも溜まっているようだが、命に関わる訳ではないとのことで、皆、ひとまず安堵《あんど》した。

　医者にもらった薬を飲ませて寝かせておくと、翌朝にはだいぶ落ち着いた。朝餉の支度は、幸作は朝餉の心配をし、起き上がろうとしたが、里緒は止めた。里緒やお竹ら女四人でどうにかなりそうだからだ。

「迷惑かけて、すみません」

　消え入りそうな声で謝る幸作に、里緒は微笑んだ。

「いいのよ。ゆっくり休んで」

「夕餉の支度はできると思います」

「無理しないで。疲れが溜まっていたのでしょう。いつ頃から不調だったの」

　幸作は何も答えない。暫しの沈黙の後、ゆっくりと半身を起こし、里緒に頭を下げた。

「女将さん。急な話でたいへん申し訳ありませんが、暫く、暇を取らせてください。今すぐとは言いません、来年からで構いませんので」

　里緒は幸作を見つめた。

「まさか、ここを辞めたいの」

「いえ、辞めたい訳ではありません。少し、休ませてもらいたいんです」

「それならば、構わないわ。躰をちゃんと治してから、また戻ってきてくれるわね」

里緒の優しい眼差しが眩しいかのように、幸作は目を伏せる。

「俺だけでなく、お袋の具合も悪いんです。だから、傍にいて看ていてやりたくて」

里緒は身を乗り出した。

「幸作は、お母様と一緒に住んでいるのよね。お母様の具合が悪いって、どうしてもっと早く話してくれなかったの」

幸作は項垂れた。

「なかなか言えなかったんです。私事ですから」

「そんな……困ったことがあったら、相談してください。お母様、お医者さんにはちゃんと診てもらったの」

「はい。肝ノ臓《かんのぞう》の具合がよくないんです」

「そうなの……それはお辛いでしょうね。事情は分かったわ。少し休んでちょうだい。自分の躰を治して、お母様も看てあげて。そして、具合がよくなったら、またここで働いて」

幸作は微かに潤んだ目で、里緒を見る。膝の上で拳を握りながら、声を掠《かす》れさせた。

「本当にごめんなさい。こんなに忙しい時に、我儘《わがまま》を言ってしまって。……俺は、なんて駄目な男なんだろう」

「あなたの具合が悪かったことに、気づかなかった私が駄目だったの。だから思い詰めないで。元気になったら、いつでも構わないから戻ってきてね。待っているわ」

「……ありがとうございます」

幸作は項垂れたまま、肩を震わせる。

里緒は幸作の背を、そっとさすった。

第二章　父の日記

一

寒風に吹かれながらも、梅の蕾《つぼみ》は膨らみ始めている。それを眺めつつ、吾平は寅之助《とらのすけ》のもとへと歩《ほ》を進めた。口入屋《くちいれや》を営んでいる寅之助に、幸作の代わりの料理人を紹介してもらうためだ。

寅之助は、雪月花と同じく山之宿町にある〈盛田《もりた》屋〉の主人で、このあたり一帯を仕切っている親分でもある。

寅之助は、里緒のことを幼い頃から知っていて、里緒の両親が亡くなってからは、雪月花の用心棒あるいは里緒の後見人のような役割を果たしてくれていた。雪月花に何かがあった時は、彼の手下たちが駆けつけてくれることになっているのだ。

盛田屋に近づくにつれ、なにやら威勢のよい掛け声が響いてくる。立派な構えの店の前では、若い衆たちが餅搗《もちつ》きをしていて、人だかりができていた。

「よいさ！」

「ほいさ！」

杵《きね》を掲げる者、臼《うす》の中の餅を捏《こ》ねる者、阿吽《あうん》の呼吸で、いい調子だ。この寒空の下、ともに上半身を露《あら》わにして、大きな声を上げている。磯六《いそろく》と民次《たみじ》はともに十代の頃は手に負えない暴れ者だったが、寅之助に一から叩き直され、今では忠実な働きを見せていた。

頼み事の件を暫し忘れ、吾平も腕を組み、餅を搗く二人を眺める。若い衆たちの元気な姿に、集まってきた人々は顔をほころばせていた。

「お兄ちゃんたち、頑張って」

無邪気に声をかける子供に、磯六と民次は手を休めずに笑顔で頷く。

吾平も何か声をかけようと思っているところへ、順二《じゅんじ》が話しかけてきた。

齢十九の順二は、寅之助の手下の中では、最も喧嘩が強いと言われている。

「番頭さん、ご苦労様です。親分にご用でしょうか」

「ああ。ちょっと頼みたいことがあるんだ。餅搗きに見惚れて、忘れちまうところだった」

「思い出してくださって、よかったです。どうぞお入りください」

順二は笑顔で、吾平を中へ通した。

内証《ないしょう》で煙草を吸っていた寅之助は、吾平の顔を見ると、笑みを浮かべた。

「どうした。雪月花は忙しいんじゃねえのか」

「ありがたいことに忙しいんですが、そんな時に困ったことが起きてしまってね。是非、親分に相談したく、来たって訳です」

「どんなことだ。言ってみろ」

「それがですね」

吾平が腰を下ろすとすぐ、お貞《てい》がお茶と蜜柑《みかん》を運んできた。お貞は寅之助の、一つ年上の恋女房だ。町火消《まちびけし》の娘だっただけになんとも気風《きっぷ》がよく、還暦の今でも別嬪《べっぴん》である。

「吾平さん、いらっしゃいませ。後で、搗き立てのお餅をお持ちしますので、召し上がっていってくださいね」

「それは悪いなあ。……と言いつつ、旨《うま》そうだなあと思って見ていたんだよ」

お貞は笑った。

「ならば、どうぞご遠慮なく。あまり甘くないほうがよろしいですよね」

「できれば。甘くすると、せっかくの搗き立ての味が薄れちまいますからね」

「かしこまりました」

お貞は丁寧に礼をして、内証を出ていった。

吾平はお茶を飲み、息をつく。寅之助は煙草の灰を、灰吹きにぽんと落とした。

「それで相談事ってのは」

「ああ、すみません。それがね、幸作のことなんですよ。今月いっぱいで少し暇を取りたいと言うんで、年明けから勤められる料理人を紹介してほしいんです」

「幸作が？　いったいまた、どうしたってんだ」

「どうやら、躰の具合があまりよくないみたいです。悩み事もあるようでね。それに加えて、お袋さんの具合も悪いらしくて、世話してあげたいと言って」

「そうか、それはたいへんだな。まあ躰の不調はゆっくり休めばよくなるだろうが、悩み事ってのは何なんだ」

吾平は蜜柑に手を伸ばした。

「幸作の奴、はっきりとは言わないんですよ。でも、お竹とも話していたんですが、薄々分かるんです、女将のことだってね」

寅之助は煙草の煙を大きく吐き出し、目を丸くした。

「あの二人、何かあるのか？　わっしはてっきり、女将は山川の旦那と睦《むつ》まじいのかと思っていたぜ」

吾平は蜜柑を味わいつつ、苦笑した。

「誰もがそう思いますよね。あの二人は息が合っているというか、仲がよいですから。それで幸作の奴、ついに居たたまれなくなってしまったのでしょう。幸作はずっと、女将に憧れていたみたいですからね」

「なるほどなあ。あいつ、ずいぶん純情じゃねえか」

「確かに。山川の旦那が現れてからというもの、幸作の奴、ずっと見て見ぬふりをしていたんだと思います。ですが、旦那と女将が一緒に浅草寺に出かけたことがあったでしょう。あの後から、幸作の様子がおかしくなってきたんです。覇気《はき》がなくなり、ぼんやりしていることが多くなって、ついには料理にも影響が出始めたって訳ですよ」

「なに、料理に。客から何か言われたのか」

「ええ。なにやらいつもと味が違う、料理人が変わったのか、と。料理を残すお客様も増えてきて、今まではこんなことはなかったのにと、私どもも悩んでいたんです。一度、幸作に話を聞いてみようと思っていたところ、幸作が自ら躰の不調を告げてきたんですよ」

寅之助は眉根を寄せた。

「まあ、幸作の気持ちも分かるが、女将を相手に悶々《もんもん》とするってのは如何《いかが》なもんだろうな。あんたらは家族のようなものだとは思うが、やはり雇う者と雇われる者の立場ってのは、あるだろう。幸作は雇われ人なんだからよ、そこを間違わねえほうがいいんじゃねえかな」

吾平は苦笑した。

「仰るとおりで。おそらく、幸作も分かってはいると思います。でも、女将はあのように優しいんでね、勘違いしちゃうんですよ」

「うむ。女将ってのは可愛い顔して、実は悪い女なのかもしれねえな。話を聞いて、女将を見る目が少し変わったぜ。山川の旦那だって、いいように誑《たぶら》かされているのかもしれねえ。数々の男の純な心を弄《もてあそ》ぶなんざあ、魔物だねえ」

寅之助が唸るところへ、お貞が餅料理を持って入ってきた。

「あら、どなたが魔物なんですの」

お貞は寅之助を見やり、澄ました顔で膳を並べる。

寅之助は眉を掻いた。

「いやいや、女は皆、そういう面を持っているってことだ」

「また利いた風な口を。女のことを分かっているように見せかける男ほど、実は分かっていなかったりしますからね。吾平さん、うちの人が女性《にょしょう》について講釈を垂れる時は、くれぐれも話半分でお聞きになってくださいましね」

お貞は鼻で笑い、内証を出ていく。寅之助はその後ろ姿を眺めながら、への字に曲げた唇の端を指で擦《こす》った。泣く子も黙る寅之助親分が唯一敵《かな》わぬのが、女房のお貞なのだ。

吾平はにやけつつ、大根おろしが絡んだ餅を早速味わった。

「搗き立ては、やはり違いますなあ。親分、ご馳走様です」

「おう。いくらでも食っていってくれ。ところで話は分かった。幸作の代わりを探しておくぜ。条件は何かあるかい」

「まあ、料理の腕がよいことでしょう。あとは、こっちの勝手な都合を承知してくれる、ってことですかね。幸作が戻ってきたら、すぐにまた入れ替わってほしいので」

「よし、任せてくれ。あんたらが気に入るような料理人を、必ず連れてくるからよ」

寅之助は胸を叩いた。

二十五日の夜、せせらぎ通りの人々は雪月花に集い、一足早く晦日蕎麦《みそかそば》を味わった。

雪月花が建つ通り一帯は、せせらぎ通りと呼ばれている。せせらぎ通りは、隅田川沿いから浅草寺方面へと真っすぐに伸びている。それゆえ、せせらぎ通りとはいっても、浅草寺に近いほうでは、川の流れはほとんど聞こえない。

雪月花は隅田川に近い場所にあり、ほかには小間物《こまもの》屋、酒屋、八百屋、煮売り屋、やいと屋（鍼灸師）、筆屋、蠟燭《ろうそく》問屋、薪炭《しんたん》問屋、質屋、経師《きょうじ》屋、菓子屋などの店が並んでいる。筆屋と質屋は喪中のため、集まりには来ていなかった。

囲炉裏を囲んで座り、お栄とお初が皆に酒を配ると、吾平が音頭を取って、盃を傾け合う。それから里緒が挨拶をした。

「皆様、今年も一年ご苦労様でした。通りでは悲しい出来事もあり、一時はどうなるかと思いましたが、皆様のおかげで乗り越えることができました。心より感謝しております。皆で力を合わせていけますよう、来年もどうぞよろしくお願いいたします」

里緒が丁寧に一礼すると、集まった者たちは笑顔で頷く。

食事の前に、亡くなった者たちへ黙禱《もくとう》し、それからは故人を偲《しの》びなどしながら、一足早く年越しの蕎麦を皆で味わった。蟹の身と卵で作ったとろみのある餡《あん》がかかった蕎麦に舌鼓《したつづみ》を打ち、忙《せわ》しい暮れに、和やかな一時を共にした。

今年も残すところ後四日となった。雪月花では、正月を迎える飾りつけはすべて済んでいる。旅籠の入口には門松と注連《しめ》飾り。玄関を入ったところの棚には、来年の干支の置物、新しい破魔矢、羽子板、鏡餅、黄梅《おうばい》の盆栽を置いた。黄梅の愛らしい黄色の花は梅に似ているが、梅の仲間ではない。迎春花とも呼ばれる黄梅の温かみのある彩《あや》が、里緒は好きだった。

昼八つ（午後二時）に新しいお客を迎え入れて一息つくと、里緒は自分の部屋で髪や化粧を直して、身だしなみを整えた。〈花の露《つゆ》〉を掌に取り、首筋や襟足や腕に馴染ませる。花の露とは、いばらの花を蘭引《らんびき》にかけて、その雫《しずく》から作った化粧品だ。肌を整えるためのものだが、里緒は香りづけにも使っている。いばらの花の甘くみずみずしい香りを纏っていると、心が癒《いや》され、優しい気分になるのだ。

——忙しい一日の中でも、このような時間を大切にしたい。

心地よい香りに里緒が目を細めていると、襖の向こうからお竹の声がした。

「すみません、女将。入ってもよろしいですか」

「いいわよ、どうぞ」

里緒は鏡台の前で姿勢を正す。

お竹は帳面を数冊持って、入ってきた。

「見つかりましたよ。旦那さんがつけていらっしゃった日記が」

里緒は思わず両の手で口を押さえ、すぐにその手を差し出した。

「ありがとう。見せてちょうだい」

「どうぞ。帳場の奥に眠っておりました」

帳面は十冊以上あり、里緒はそのうちの一冊を手にして急いで捲《めく》った。父里治の懐かしい字が目に飛び込んできて、手が微かに震えた。

「確かにお父さんのものだわ……。今から十七年前に書き始めていたのね」

「ええ。ちょうど年号が変わった年だったので、きりがよいと思われたのでしょう」

里治は寛政元年（一七八九）より日記を書いていた。里緒は夢中で読み始めた。几帳面《きちょうめん》に毎日つけているという訳ではなく、気が向いた時に数行記しているだけであったが、里緒の胸は高鳴った。

――もしかしたら、この中に、お父さんとお母さんの死の真相の手懸かりが、何か書かれてあるかもしれない。亡くなる前に来たというお侍についても。謎のお客様だった四郎兵衛さんについても。

里緒はひたすら捲る。

お竹は立ち上がり、静かに部屋を出ていった。


その夜、湯を浴びて肌の手入れを済ませると、里緒は柚子茶を味わいながら、里治が遺した日記を読み耽《ふけ》った。柚子茶は、蜂蜜漬けにした柚子の皮を白湯《さゆ》に溶いたもので、里緒は寝る前によく飲む。この時季、躰が温まるからだ。

里緒はまずすべてをざっと眺めて、近い日記のほうから詳しく見ていった。悩み事や不平不満などは特に書かれておらず、日々のことが淡々と綴られている。

ほとんどが仕事の上でのことで、お客との触れ合いなどが記されていた。お客様の悪口も。

――お父さんらしいわ。仕事の愚痴などはまったくこぼしていない。

だが、侍が最後に来たと思《おぼ》しき日には、このような内容のことが書かれてあった。

《近頃、柄の悪い侍が増えている。目つき怪しき、身なりもよいとは言えぬ。よほど聞かれたくない話と思われる。昼間に部屋を貸すことを悩む。里緒に悪い影響を及ぼしかねぬ》

里治は日記の中で、里緒についてもいろいろ記していた。里治が自分のことを本当に心配し、愛してくれていたことが伝わってきて、里緒は涙ぐみながら捲る。

しかし感傷に浸ってばかりもいられなかった。日記に書かれてあることから、事件に関わっていそうなことを読み取っていかなければならないからだ。

里緒は、四郎兵衛が初めて雪月花を訪れたという、十二年前の霜月十一日あたりを見てみた。すると四郎兵衛が帰ったと思しき同月十三日に、里治はこのような内容のことを綴っていた。

《四郎兵衛様が見える。貴重な話を伺う。私も珠緒も驚き、感心した。苦労話も

時が経てば実りある話になる。猫の置物までいただく。置物は家宝とし、旅籠のお守りとする》

父親の字を食い入るように見ながら、里緒は考えを巡らせる。

――四郎兵衛さんは名士のようだけれど、何かの苦労はなさったみたいだわ。いったいどのような苦労だったのかしら。この書き方から察するに、それを乗り越えられた四郎兵衛さんに、お父さんは敬意を持ったみたい。だからいただいた猫の置物を、家宝にしようと思ったのだわ。

また父・里治は、その時に四郎兵衛に頼まれた料理の作り方も書き留めていた。その料理とは、塩漬け胡瓜《きゅうり》と鯰《なまず》の汁物であった。塩漬けの胡瓜を出汁《だし》で煮込み、葱《ねぎ》と鯰を加えて、さらに煮込んで作る。それに薄切りにした柚子を浮かべて、食べるようだ。

胡瓜は促成栽培のものを買ってきて多量の塩で漬け、鯰は干物を使ったと記されていて、里緒は首を傾げた。

――作ったことがないからはっきり分からないけれど、かなりしょっぱいのではないかしら。それにしても初めて聞く料理だわ。塩漬け胡瓜と鯰の汁物、なんて。

作ってみたくはあるが、どうも美味しいようには思えない。また四郎兵衛は強い酒を好んだことも分かった。

——酒豪でいらっしゃったというから、しょっぱいものがお好きだったのかもしれないわ。

詳しく見ていきながら、里緒は確かめた。お竹が言っていたように、四郎兵衛は雪月花に四度訪れているのだが、一度目は霜月十一日で、後はいつも正月二日か三日だった。一泊の時もあれば、二、三泊することもあった。

十二年前（寛政六年）に初めて来て、次に訪れたのは寛政八年（一七九六）、その次が寛政十一年（一七九九）、そして最後が享和二年（一八〇二）だ。二回目に訪れた時のことを、里治はこのように記していた。

《四郎兵衛様は、薬草に詳しい。薬草に囲まれて暮らしているとの由《よし》。今回も興味深い話を伺う。向日葵《ひまわり》の種に薬効があること初めて知る。向日葵の種の殻《から》を剝いたものを仁《じん》といい、生薬《きぐすり》になるとの由。四郎兵衛様は向日葵の種を持参されたので、炒ってお出しした。酒のつまみに召し上がる》

どうやら四郎兵衛は、向日葵の種も好物のようだ。

里緒は目を瞬かせた。

——一風変わったものを好まれるのね。向日葵の種を食べる人って、あまり聞かないわ。向日葵の花を好きという人も少ないし。

貝原益軒《かいばらえきけん》も『大和本草《やまとほんぞう》』の中で、向日葵のことを「最下品な花」と記して嫌っていた。

——その向日葵に詳しい四郎兵衛さんは、やはりお医者なのかしら。……もしや本草学者とか。

里緒は思いを巡らす。

三度目に訪れた時のことは、里治はこう記していた。

《四郎兵衛様が三年ぶりに見える。周りがいろいろ煩く、頻繁に来られぬと嘆かれる。お立場上、仕方がない。猫の置物が玄関に飾ってあることを喜ばれる。あの石の名が茶間とは、まことか。疑問は残る》

里緒は柚子茶を飲み、息をついた。

四度目、つまりは最後に訪れた時のことは、このように記していた。

《四郎兵衛様が三年ぶりに見える。とても酔っていた。京橋での宴会にはなるべく参加されているとの由。ここでも強い酒と向日葵の種を鱈腹《たらふく》味わう。あの苦労を乗り越えただけある。実に元気だ。来年も是非、来てほしい》

四郎兵衛のことは、それ以降は書かれていなかった。里緒は日記を閉じ、胸に抱えた。里緒が両親の手伝いを本格的に始めたのは七年前なので、四郎兵衛に二度は会っているはずなのだが、よく覚えていないのは、ほとんど両親がもてなしていたからだろう。正月の間は忙しいので、里緒はほかのお客のもてなしに回されていたとも考えられた。

――四郎兵衛さんは、いったい何者なのかしら。そして……どうして、享和二年以降はお見えにならなくなったのでしょう。お父さんとお母さんのお香典まで送ってくださったのに。代替わりして、私が女将では物足りないからかしら。それならば、なにやら悲しいわ。

里緒は溜息をつき、行灯《あんどん》に目をやる。その穏やかな灯りを眺めながら、両親の笑顔を思い出した。

しんしんと冷える夜、里緒は浴衣《ゆかた》に臙脂《えんじ》色の半纏を纏っている。艶やかな牡丹の柄の炬燵布団に頬を埋めると、甘い匂いがした。里緒は日記を傍らに置き、そのまま少し、微睡《まどろ》んだ。

蝶々雲《ちょうちょうぐも》が浮かぶ天気がよい午後、里緒が旅籠の入口を箒《ほうき》で掃いていると、隼人が現れた。

「ご苦労様です」

箒を持つ手を休め、里緒は微笑む。白花色の着物に韓紅《からくれない》の帯を結んだ里緒は楚々《そそ》としながらも艶やかで、隼人は目を細めた。

「今日は見廻りじゃねえんだ。奉行所も、もう休みだからよ」

「では、どちらかへお出かけですか」

隼人は頭を掻いた。

「いや、なんとなく、こっちに足が向いちまったんだ。里緒さんに頼まれていたことが気になってな」

項垂れる隼人に、里緒は首を大きく横に振った。

「私こそ勝手なお願いをしてしまい、申し訳ありませんでした。……あの後、反省したんです。隼人様のお手を煩わせるようなことを申し上げてしまったと」

「里緒さんが謝ることはねえよ。引き受けておいて愚図愚図している俺が阿呆なだけだ」

隼人は自省しつつ大きなくしゃみを響かせたので、里緒は目を瞬かせた。

「隼人様、どうぞ中へお入りください。こんなに寒い時に立ち話をしていたら、風邪を引いてしまいますわ」

「いや、気を遣わんでくれ。これから母上のところに行くんでな。年末年始、一緒に過ごすんだ。年が明けたら、挨拶に来るよ」

「お待ちしております。……実は昨日、父が生前につけていた日記が見つかりましたので、その時にご覧いただけますでしょうか。謎のお客様の四郎兵衛さんについて、いろいろ書かれてあったのです」

するとは隼人は目を瞠《みは》った。

「なんだと？　それは聞き捨てならねえな。半太と亀吉に番町を調べてもらったんだが、四郎兵衛らしき者はまだ見つかっていねえんだ。年明けとは言わず今、日記を見せてもらえねえか。探索の重要な手懸かりになるかもしれねえからな」

「もちろんです。どうぞお入りください」

里緒は微笑み、隼人の大きな背中にそっと手を当てる。隼人は頭を掻きながら、格子戸を開けた。すると帳場から吾平が顔を出した。

「これは旦那。いらっしゃいませ」

「年の瀬の忙しい時に悪いな。ちょいと邪魔するぜ」

隼人が雪駄を脱ぎ、上がり框を踏んだところで、奥からお竹も現れる。

「あら、旦那、お待ちしておりました。お奉行所はもうお休みですか」

「うむ。年末年始はな。だからちいと羽を伸ばすぜ」

「そうですよ。休息も必要ですもの。そうだ、なんなら、うちでお過ごしになれば如何ですか。今日から松の内が明ける頃まで」

「この後、日暮里《にっぽり》に赴いて、二日まで母上と一緒だ」

「あら、そうなんですか。だったら、三日から七日ぐらいまではうちで。……あら、痛いっ」

吾平にお尻を抓《つね》られ、お竹が顔を顰める。

吾平は板場のほうを見やりながら、お竹に耳打ちした。

「少し静かに喋れ」

吾平は幸作への気遣いを見せたのだとすぐに分かり、お竹は肩を竦めた。

「ま、そういうことで。旦那、どうぞごゆっくり」

急に声が小さくなるお竹に、隼人は苦笑する。

里緒に連れられ、隼人は廊下を歩いていった。

美しく整えられた里緒の部屋に入ると、隼人は息をついた。いつもは夜に訪れることが多いが、今日はまだ明るい。庭に面した障子戸から日が差し込み、なんとも長閑《のどか》だ。

二人は炬燵にあたって、猫のように目を細めた。

「なにやら和むなあ」

「本当に。梅も、もう咲き始めていますよね」

「玄関の棚に置いてあった盆栽は、梅ではねえのか」

「梅に似ておりますが、梅ではないのです。黄色い梅と書いて、黄梅といいますの。紛らわしいですよね」

「黄梅というのか。なにやら可愛らしくて、真面目な雰囲気で、雪月花にはぴったりの花だと思ったぜ」

「ありがとうございます。黄梅のまたの名は迎春花ですから、新年を迎えるには相応《ふさわ》しいと思いまして」

「なるほどな」

二人が微笑んでいるところへ、お竹がお茶を運んできた。

「まあ、いい香り」

里緒が目を細める。里緒が好きな柚子茶だが、生姜《しょうが》も使っているので、いっそう香り高い。お湯で生姜を煮出し、それに柚子の果汁と砂糖を少し加えたものだ。

お竹は隼人を見やった。

「お休みですし、お酒をお持ちしようかとも思ったのですが。旦那、お呑みになります？」

「いや、これでいい。躰が温まりそうだ」

隼人は湯呑みを軽く揺すり、香りを吸い込んでから、味わった。

お竹は二人に会釈し、速やかに下がる。

里緒は柚子茶を一口飲み、おもむろに立ち上がった。箪笥《たんす》の引き出しの中から、父親の日記を取り出し、隼人に渡す。

「これに、いろいろ書かれてあったのです」

隼人は急に真顔になる。里緒が枝折《しおり》を挟んでいた箇所を、読み進めた。

一通り目を通すと、隼人は腕を組んだ。

「この記述から察するに、四郎兵衛はやはり医者のような気がするな。もしくは学者だろうか。向日葵の種に滋養があることを知っているところなどを見ると」

「私もそう思いました。珍しい食べ物がお好きなのは、何かの薬効があることをご存じだからかもしれません。私が知らないだけで、塩漬けの胡瓜も、もしや薬になるのでは」

「うむ。では、番町の学者も探ってみるか。半太と亀吉の話では、番町の医者には四郎兵衛って者はいねえようだ。もしかしたら、名乗っていたのは、偽の名前だったとも考えられるよな」

隼人と里緒の目が合う。

「私も、そのような気がしております。……すると、四郎兵衛さんを見つけることは、やはり容易ではありませんよね。もし、居所まで偽っていたのならば、探すのはますます難しくなってしまうでしょう。諦めたほうが、いいのかもしれません」

肩を落とす里緒を、隼人は優しい目で見つめた。

「いや、諦めるのはまだ早いぜ。すぐとはいかねえかもしれねえが、突き止めてみせる。だが、四郎兵衛はまだ生きているだろうか」

「それも不確かですよね。でも、私はご存命だと思っております。苦労をなさったようですが、それを乗り越えて名士になられたみたいですし、心身ともに頑健な方なのではないかと」

「そうだよな。しかし、どんな苦労をしたんだろう。おそらくは医者か学者だろうから、そこその生まれだろうし、金で苦労したってことはねえと思うんだが。それとも苦学したんだろうか。長崎《ながさき》かどこかに遊学していた時に、何かあったのか」

里緒はしなやかな指を顎に当て、首を傾げた。

「私はなにやら、四郎兵衛さんは寒いところにいたことがあったように思うのです。生まれ育ったのが、雪深いところだったのではないかと」

「それはまた、どうしてそう思うのだ」

「しょっぱいものがお好きといいますことと、強いお酒をお好みになるということからです。それに、記してあった塩漬けの胡瓜と鯰の干物を使った料理を、試しに作ってみたのです。その結果、なにやら塩気が利き過ぎて、私には決して美味しいものではありませんでした」

「まあ確かに、旨そうとは思えんな。しかし、初めて聞く料理だ」

「私も初めて知りました。それで、寒さが厳しい地方の郷土料理なのではないかと思ったのです。塩は躰を温めますから」

「なるほど。四郎兵衛はそのようなところで過ごしていたのではないかというのだな。すると奥州《おうしゅう》もしくは越州《えつしゅう》のほうか。そのようなところから江戸に来て名士になっているのならば、まあ、何かの苦労があっただろうな。ないほうがおかしいぜ」

里緒は柚子茶を飲み、姿勢を正した。

「四郎兵衛さんのことは気になりますが、探してくださったところで、猫の置物が返ってくるとは限りません。お忙しいところ、半太さんと亀吉さんにこれ以上お手数をおかけしては申し訳が立ちません。四郎兵衛さんの探索は、打ち切ってくださいませ」

里緒は三つ指をついて、深々と頭を下げる。

隼人は慌てた。

「おい、里緒さん。遠慮するなと言ったじゃねえか。乗りかかった舟だ、俺らに任せておけ。それに、四郎兵衛ってどんな男か、俺もなんだかやけに気になるんだ。もしや四郎兵衛が、件の侍たちのことを知っているかもしれねえしな。四郎兵衛がかつて長崎に遊学していたとして、侍たちが長崎のほうの者であれば、接点はある」

里緒は頭を上げ、大きな目で隼人をじっと見つめた。

「お侍たちは、やはり、長崎に関係しているのでしょうか」

「うむ。日記に書き遺しておいてくれたこと、里緒さんの親御さんに感謝しなくてはな。猫の置物ってのは、おそらく四郎兵衛が遊学していた時に手に入れた、南蛮渡来《なんばんとらい》の高価なものだったんだろう。それもきっと、かなりの値打ちだったと。そして長崎出の侍たちは、一目見てその値打ちに気づき、盗んでいったんだ。おそらくな」

里緒は頷く。

隼人は里緒を見つめ返した。

「それほど高価なものを盗んだとは。捕まえてやる。その侍たちが長崎のほうの藩士だったとして、そいつらが声を潜めて話していたのは、よからぬことだったに違いねえんだ。その当時、あっちのほうの藩で、何かあったかもしれねえな。年明けから詳しく調べてみるぜ。そこから、その侍たちが誰だったか、突き止められるんじゃねえかな」

「申し訳ございません……。私がいろいろとお話ししてしまったばかりに、お手を煩わせてしまって」

里緒の目が潤む。その華奢な肩に、隼人は手を置いた。

「遠慮しねえでくれって。侍どもは、話を聞かれたと勘違いして、里緒さんのご両親を殺めたのかもしれねえんだ。そのうえ、家宝まで盗んでいったのだとしたら、許せる訳がねえ。必ずや処罰してやる」

隼人はふくよかな顔を苦み走らせ、意気込む。

里緒は隼人を頼もしげに眺めた。

「お言葉に甘えてしまって、いつも、ごめんなさい」

「いいってことよ。俺も頑張るからよ、里緒さん、来年もよろしくな」

「こちらこそ、よろしくお願いいたします」

里緒は再び、隼人に深々と辞儀をした。

すると、折よくお竹が料理を運んできた。

「少し早い年越しのお蕎麦でございます。お二人でどうぞ」

お竹は笑みを残して、すぐさま下がる。湯気の立つ鴨葱《かもねぎ》蕎麦に、隼人は相好《そうごう》を崩した。コクのある汁を啜り、蕎麦を手繰《たぐ》って、息をつく。

「温まるなあ」

里緒も相伴《しょうばん》し、目を細める。和やかな冬の日に、二人は寄り添いながら蕎麦を味わった。

里緒は隼人を、表にまで出て見送った。

「里緒さんも旅籠の皆と、よい年を迎えてくれな」

「隼人様もよいお年をお迎えくださいませ」

「ありがとよ。年が明けたら、また挨拶にくるぜ」

「お待ちしております」

隼人は大きく頷き、去っていく。里緒は、隼人の後ろ姿が見えなくなるまで、旅籠の前に佇んでいた。


小雪が降る大晦日には、十部屋のすべてが埋まった。ほとんどが常連客で、新しいお客は二組だった。夫婦もしくは家族連れで、恋人同士らしき者もいる。家族連れが多かったので、子供たちが雪月花の中を走り回って、お竹はじめ仲居たちは大奮闘だった。

「ほかのお客様もいらっしゃるから、おとなしくしていてね」

そのように子供たちに声をかけていたが、一向に静まらず、帳場にまで入り込んでくる始末で、お竹たちは頭を抱えてしまった。里緒は溜息をつきつつも、笑みを浮かべる。元気のよい子供たちが、可愛いのだ。

雪が降る中、里緒は半纏を羽織って傘を差し、菓子屋の春乃屋《はるの》へと向かった。春乃屋も大晦日まで店を開けている。

中へ入ると、お篠《しの》が迎えてくれた。

「あら、里緒ちゃん。雪の中、よく来てくれたね。お茶でも飲んでく?」

「ごめんなさい。ちょっと慌ただしいんで、お茶はまたの機会にね」

「ああ、そうだね。お客さん、いっぱいみたいだもんね。お正月も忙しそうで、たいへんだ」

「旅籠はお休みがないから、たいへんと言えばたいへんね。でも、楽しいけれど」

「いいことだ。仕事が楽しいってのは、なによりだよ」

二人が微笑み合っていると、奥からお桃《もも》が顔を出した。お桃はお篠の孫で、年が明ければ十になる。愛くるしい笑顔で、お桃は声を弾ませた。

「女将さん、いらっしゃいませ」

里緒もお桃に微笑んだ。

「ちょうどよかった。お菓子のことで、お桃ちゃんに訊きたいことがあるの」

お桃はきょとんとして、円《つぶ》らな目を瞬かせた。

里緒は春乃屋から戻ると、はしゃぎ回っている子供たちに声をかけ、広間に集めた。囲炉裏を囲んで座らせ、皆に菓子を配る。来年の干支である兎の形のお饅頭だ。

八人いる子供たちは、揃って目を瞬かせた。

「可愛い」

「食べるのがもったいないよ」

里緒は姿勢を正し、澄んだ声を響かせた。

「今日は何の日か知っているでしょう? 大晦日、一年の最後の日よ。お正月にお迎えする歳神様《としがみ》を祀《まつ》るための、準備の日でもあるの」

子供たちは兎饅頭を手に、里緒を見つめる。

「歳神様は、厳《おごそ》かにお迎えしなくてはならないのよ。騒ぎ立てていたら、ご機嫌を悪くして、訪れてくださらないかもしれないわ。そうなってしまったら、悲しいでしょう」

里緒が問いかけると、子供たちは顔を見合わせつつ頷く。里緒は皆に微笑み、人差し指を唇に当てた。

「だから大晦日は、静かに過ごさなければならないの。穏やかな気分で歳神様をお迎えしましょう」

子供たちは目を輝かせ、里緒に頷く。里緒を真似て、指を唇に押し当てている子もいる。先ほどまでのけたたましさが嘘のように、皆、落ち着いていた。

囲炉裏を囲んで、里緒も子供たちと一緒に、兎饅頭を味わった。白いお饅頭の中に、黄身餡《きみあん》がたっぷり詰まっている。お栄とお初が甘酒を運んできて、子供たちの顔はいっそうほころぶ。

障子窓の外、雪はさらさらと降っている。それでも里緒は、子供たちに囲まれて温もっていた。

子供たちはおとなしくなり、それぞれ、二階の部屋に戻っていった。

里緒が帳場に行くと、お竹が胸の前で手を合わせた。

「さすがは女将。手懐《てなず》けてくださって、ありがとうございます。もう、くたくたでしたから」

「親も少しは怒ればいいのに、どうして放ったらかしにするんだか」

愚痴をこぼす吾平に、里緒は肩を竦めた。

「大晦日に怒りたくない気持ち、分かるような気もするわ。それに親御さんたち、ここに着いた時からお疲れのご様子だったもの。お部屋でゆっくりお寛《くつろ》ぎになりたかったのよ」

「それで子供たちを、我々に預けたつもりだったんですね。まあ、兎饅頭でつられるのだから、可愛いもんですが」

「あのお饅頭、お篠さんのご厚意でいただいてしまったんだけれど、よかったかしら。この前のお蕎麦のお返しですって」

「いいんですよ。お篠さんのお心遣い、ありがたく受け取れば」

「そうね。春乃屋さんに行ったら、お桃ちゃんが出てきたので訊いてみたのよ。お店のどのお菓子をもらったら一番嬉しいかしら、って。そうしたらお桃ちゃん、絶対にこれ、って兎饅頭を指したの。それで選んだのだけれど、正しかったわ。黄身餡が蕩《とろ》けるようで、頬が落ちそうだったもの。お桃ちゃんにお礼を言わなくちゃ」

「さすがはお篠さんの孫娘ですよ」

　幸作がいてくれるのは一応今日までで、夕餉の支度に既にかかっているので、菓子にまでは手が回らないと思い、里緒はよそに買いにいったのだ。

お篠は兎饅頭を余分に持たせてくれたので、里緒はお竹たちにも渡した。仕事の合間を縫って味わい、大忙しの大晦日に、皆、兎のように優しい心持ちになるのだった。

雪は止まずに積もり始めた。お客たちの部屋には炬燵と火鉢が置いてあるが、蜜柑湯でも温まってもらうことにした。

雪月花ではいつも、冬至《とうじ》には柚子湯を、大晦日には蜜柑湯を用意する。そのために里緒たちは蜜柑の皮を捨てずに、さっと洗って粗く刻んで、十日ほど日干しをする。蜜柑の皮は陳皮《ちんぴ》と呼ばれ、漢方にも使われる。生薬《きぐすり》として用いられるのは一年以上乾かしたものだが、蜜柑湯に使うのならば十日ほど乾かせば充分だ。爽やかな香りに癒《いや》され、何より躰が温まる。この蜜柑湯も、お客たちに大いに喜ばれた。

「躰が蜜柑の匂いになる」

「凄く温《あつた》かいね。気持ちいい」

廊下を横切る時、内湯からそのような話し声が聞こえてきて、里緒とお竹は微笑み合った。

皆がお風呂を済ませると、里緒たちは急いで夕餉を運んだ。

「どうぞごゆっくりお召し上がりくださいませ」

出された膳を眺め、お客たちの顔がほころぶ。晦日蕎麦と煮物だ。蕎麦には、海老と人参と牛蒡《ごぼう》の大きな掻《か》き揚《あ》げが載っている。煮物には、里芋、牛蒡、人参、蓮根《れんこん》、椎茸《しいたけ》、蒟蒻《こんにゃく》、鶏肉が入り、具材たっぷりで彩り豊かだ。それに蜜柑と煎《せん》餅《べい》、酒がつく。

「いやあ、至れり尽くせりだね。年を越すには、やはり雪月花が一番だ」

「年末年始をこちらで過ごすことが、毎年の楽しみですもの」

二人は、大晦日に必ず訪れる、上総《かずさ》で海苔《のり》問屋を営んでいる夫婦だ。ともに齢三十ぐらいで、七つの息子を連れてきている。

里緒は夫婦に酒を注ぎ、姿勢を正した。

「曙《あけぼの》屋様、どうぞこれからもご縁が続きますよう。よろしくお願いいたします」

「こちらこそよろしく頼むよ、女将」

「すっかり板についてきて。先代の女将さんに似てきたわね」

「まだまだです。母の足元にも及びません」

「いや、なかなかのもんだよ。雪月花を取り仕切っているではないか」

「そうですよ。大晦日に部屋がすべて埋まっているなんて、先代の時にもあまりなかったでしょう」

里緒は顔の前で手を振った。

「それは、雪月花の皆がよく働いてくれるからですよ。私一人では、とてもとても」

すると七つの息子が、父親の半纏の袂を引っ張った。

「ねえ、早く食べようよ。お腹が空いた」

どうやら待ちきれなくなったようだ。里緒は背筋を伸ばし、胸の前で手を合わせた。

「長居してしまい、申し訳ございませんでした。どうぞお召し上がりくださいませ。お代わりもございますので、遠慮なくお申しつけくださいね」

里緒は三人に微笑み、丁寧に辞儀をして、下がった。

夕餉を片付け終え、五つ（午後八時）過ぎに、ようやく落ち着いた。

里緒は衿元を直しつつ、吾平に声をかけた。

「そろそろ私たちもお蕎麦をいただきましょうよ。あのお二人がお見えになったら、今日はもう錠を下ろしてしまっていいわ」

飛び入りのお客もいるので、雪月花は満室の時以外は、だいたい五つ半（午後九時）まで開けているのだ。

「かしこまりました。広間で食べますか」

「ええ。皆に伝えておくわね」

すると格子戸が開き、半太と亀吉が入ってきた。半太は齢二十三、亀吉は齢二十五、ともに隼人の忠実な手下だ。半太は小柄だが度量は大きく、亀吉は優男《やさおとこ》だが男気も併せ持つ。

「あら、いらっしゃいませ。お待ちしておりました」

里緒が声を弾ませる。

二人は褞袍《どてら》を羽織って懐手《ふところで》だが、恐縮した面持ちだ。

「なにやらすみません。本当にご馳走になってもいいんでしょうか」

「大晦日だってのにお邪魔しちまって。旦那に知れたら、厚かまし過ぎると、怒られるんじゃねえかと」

里緒は唇を尖らせた。

「あら、私がお呼びしたのですもの。隼人様は関係ないわ。ほら、お上がりになって。一年の最後の日なのだから、鱈腹《たらふく》召し上がってね」

半太と亀吉は顔を見合わせた。

「女将さんにそこまで言っていただいては」

「遠慮するほうが却《かえ》って失礼じゃねえかと」

するとお竹もやってきて、口を挟んだ。

「そうですよ。分かったんなら、さっさと上がって」

その時、里緒は二人の足元に目がいき、黒足袋《たび》が濡れていることに気づいた。

雪の中を歩いてきたからだろう。里緒は声を上げた。

「お竹、お栄とお初に、盥を持ってくるように言って」

半太と亀吉は慌てた。

「い、いいですよ、女将さん。足を洗ってもらうなんて柄じゃないんで」

「そんなに濡れてやせんが、じゃあ、足袋は脱ぎやしょう」

「いけません。そのままでは躰が冷えてしまうわ。風邪を引いたらどうするの」

「そうですよ。ちょっと待っててね」

お竹は急いでお栄たちを呼びにいく。

半太と亀吉は肩を竦めて、玄関に佇んだままだ。吾平が帳場から顔を覗かせた。

「まあ、いいじゃねえか。半太は、本音は嬉しいんだろうよ。お初に洗ってもらえるんだから」

「えっ、あ、はい。まあ」

半太はしどろもどろで、頬を赤らめる。半太とお初は、里緒も公認の、いい仲である。二人は静かにゆっくりと、純な恋を育《はぐく》んでいるようだ。照れる半太を、亀吉は肘で突いた。

お竹が戻ってくると、お栄とお初がすぐに湯を張った盥を持って現れた。その湯を見て、半太と亀吉は目を丸くした。

「うわ、いい香りですね」

「これに浮いてるのって、蜜柑の皮ですかい？」

「そうです。お客様にも蜜柑湯を楽しんでいただいています」

「お二人にもその雰囲気を味わっていただきたくて」

お栄とお初が笑顔で答える。

半太と亀吉は顔を見合わせた。

「おもてなしの心に、頭が下がります」

「柚子湯ならぬ蜜柑湯ってのは、初めてですぜ」

二人は感心しつつ、恐縮の面持ちで、足を差し出す。お栄は亀吉の、お初は半太の足を、丁寧に濯《すす》いだ。お栄と亀吉は気さくに言葉を交わすも、お初と半太は互いに照れているのか、決して目を合わせようとしない。それがまた初々しく、里緒たちには微笑ましかった。玄関に、蜜柑の甘酸っぱい香りが、ふんわり漂った。

皆が揃ったので、囲炉裏を囲んで、年越しの蕎麦を味わった。広間に、蕎麦を手繰《たぐ》る音、汁を啜る音が響く。大きな掻き揚げは食べ応えがあり、煮物も味が染みていて、皆、目尻を下げた。いつもは五つに帰る幸作も、今日は残っていた。

皆が食べ終わる頃、吾平が言った。

「幸作は今日をもって、ひとまず休みに入る。戻ってくるまでは、別の料理人に勤めてもらうことになった。幸作、最後まで全力を尽くしてくれて、本当にありがとうよ。おかげさまで、お客様方は大いに喜んでくれた。もちろん、我々もな」

吾平に肩を叩かれ、幸作は目を伏せた。

「いえ……。こちらこそ、ありがとうございました」

皆の目が一斉に幸作に集まる。

半太と亀吉は初耳なので、驚いたようだった。

「え、幸作さん、そうなんですか？　どちらかに修業に行かれるんですか」

「いえ。躰の具合があまりよくないので、少し休みたいと思いまして。料理人は、躰の調子が、作るものに表れてしまいますから」

幸作は静かに答える。

亀吉は首を捻った。

「でも、蕎麦も煮物も、旨かったですぜ」

黙ってしまった幸作の代わりに、吾平が答えた。

「それはな、休むと決めて、心が落ち着いたからだ。幸作に今必要なのは、心身ともに休むことなんだよ。それを分かってやらねばな。なあ、そうだろう、幸作」

「はい」

幸作は小さく頷く。

里緒は姿勢を正し、澄んだ声を響かせた。

「落ち着いたら、戻ってきてね。待っているから」

「おいらも待っています。必ず戻ってきてください」

半太が身を乗り出すと、お竹が口を挟んだ。

「幸作さんは、おっ母さんの孝行もしたいのよ。おっ母さんの具合も芳《かんば》しくないんですって。でも、大丈夫ね。幸作さんみたいな優しい息子が、傍にいれば。すぐによくなるわ」

「私もそう思います。幸作さんがついていてあげるだけで、心強いですよ」

「無理はしないでくださいね。ご自分の躰にも気をつけてください」

お栄とお初の後、亀吉が続けた。

「あっし、ここで養生させてもらっている時、食事がとにかく楽しみだったんです。幸作さん、あっしも待っておりやすぜ。また、途轍《とてつ》もなく旨いもんを、食べさせてくだせえ」

「はい……。ありがとうございます」

幸作は深く頭を下げた。

幸作、そして半太と亀吉が帰っていくと、里緒たちはそれぞれ自分の部屋で寛いだ。

明日から幸作の代わりに、新しい料理人の彦二郎《ひこじろう》がやってくる。昨日、一昨日と幸作とともに務めてもらい、だいたいの引継ぎは終えたので、準備は万全だ。寅之助のお墨付きだけあり、彦二郎の腕は確かによい。

元日は、お客たちは昼まで寝ているので、朝餉は用意せず、八つ（午後二時）頃に軽い食事を出し、六つ（午後六時）過ぎに豪華な夕餉を出すことにしている。それゆえ彦二郎が来るのも明日は四つ（午前十時）過ぎのようなので、里緒たちも朝はのんびりできそうだった。

今夜の火《ひ》の番《ばん》は、吾平とお竹が交替で務める。明日の朝のうちはお栄とお初の手があれば足りそうなので、里緒は二人にも昼頃までゆっくり休んでもらうつもりだった。

部屋で一人になると里緒は急に疲れが出て、炬燵にあたりながら、うとうとし始めた。蜜柑湯に入るのを後回しにして、里緒は暫《しば》し微睡んだ。

その頃、隼人は、日暮里の一軒家で、母親の志保《しほ》と一緒に過ごしていた。日暮里は、日暮しの里とも呼ばれる。桜、躑躅《つつじ》、紅葉と四季折々の草花が楽しめる風《ふう》光明媚《こうめいび》な地は、ここにいると日が暮れるのも忘れるということからだ。

志保はその美しい景色を愛《め》でながら、猫や犬や鶏たちに囲まれ、下女とともにのんびりと暮らしている。下女は、夫とは死別しているが息子がいて、年末年始は息子の家族と過ごすため留守にしていた。

雪が降る大晦日の夜、小さな囲炉裏を挟んで、隼人と志保は蕎麦を手繰った。

「母上が作ってくれる、この鰊《にしん》が丸ごとどんと載った蕎麦が好きで。これを食わねば、大晦日の気分にはなれませぬ」

隼人は鰊の甘露《かんろ》煮にかぶりつき、濃いめの汁をずずっと啜る。

夢中で味わう息子を眺めながら、志保は息をついた。

「まったく、お前は、相変わらず色気より食い気ですねえ」

「はは。仰るとおりです」

食べる手を止めずに、隼人は答える。部屋の隅にいた猫がやってくるも、さっき餌を与えたばかりなので、志保は鰊を分け与えなかった。猫は不満そうな啼き声を上げて、また隅へ行ってしまう。猫を見やり、志保は唐突に切り出した。

「そういえば、清香《さやか》さん、縁談のお話があって、お見合いしたんですって。お相手は大番士《おおばんし》でね、なかなかの二枚目だそうよ。少し歳の離れた方だけれど、後妻にと望まれているみたい」

清香は隼人の幼馴染みで、臨時廻《りんじまわ》り同心の原嶋清弘《はらしまさやひろ》の娘である。齢二十七の清香は一度嫁いだものの離縁して、今は楓川《もみじがわ》沿いの佐内町《さないちょう》で手習い所を開いている。子供たちに人気の女師匠だ。

隼人は汁を残さず啜り上げ、器を置いた。

「ご馳走様。鰊の旨みが溶け出て、いやあ、旨かった」

ふくよかなお腹をさする息子を眺め、志保は眉根を寄せた。

「なんですか、大ダヌキのような態《なり》をして。お前は食べることばかり熱心で、私の話など聞いていないのでしょう」

隼人は頭を掻いた。

「いえ、聞いておりますよ。清香さんのことなら、よかったじゃないですか。綺麗で聡明な女性だ、幸せになることでしょう。それに大番士ならば、お相手に不足はないではありませんか」

大番士といえば役高は二百石《こく》で、御目見《おめみえ》以上だ。御目見とは、将軍に目通りできる立場の事である。もっとも、だからといって将軍と直接話ができるというわけではないのだが。大番頭《おおばんがしら》ともなれば五千石にもなる。三十俵二人扶持で御目見以下の同心と一緒になるよりは、ずっとよい暮らしができるだろう。

志保は食べかけの蕎麦を置き、背筋を伸ばして隼人を睨めた。

「お前のような阿呆な男を、清香さんは思っていてくれたというのに。お前が鈍くて愚図愚図しているから、清香さん、見限ってしまったのよ。あんなに素敵な女性《ひと》を……もったいないことをして！」

志保は唇をわなわなと震わせ、傍にあった蜜柑を摑んで、隼人に投げつける。隼人はそれを手で受け止め、速やかに皮を剝き、一粒頰張った。

啞然《あぜん》とする志保に、隼人は微笑んだ。

「母上、今日は大晦日ですよ。歳神様をお迎えする準備の日に、怒ってどうします。確かに私は阿呆かもしれませんが、もう大人です。私なりの考えがあるんですよ。だから、まあ、不肖《ふしょう》な息子ですが、見守っていてください。清香さんみたいな女性《にょしょう》は、私には釣り合わないのでね。いいんですよ、それで」

志保は溜息をつき、肩を落とした。

「少しは応《こた》えるかと思ったら、これだもの。……もしや、お前、変な女に誑《たぶら》かされているのではないわよね。それで清香さんのことが、目に入らなかったのでは」

隼人は蜜柑を頰張り、大きく笑った。

「いや、いや。私はこう見えて、女の趣味は結構いいですからな。その心配は無用です。それより、蕎麦のお代わりはありませんかね。母上の手料理、願わくはもう少し味わいたいものです」

隼人が器を差し出すと、志保は厳しい顔つきでそれを摑み取り、立ち上がった。

「まったくお前って人は……食べてばかりで、まん丸として」

「よいではないですか。母上の美味しい手料理のおかげで、この休みの間にまた少し、丸みに磨きがかかりそうです」

隼人は澄ました顔だ。

志保は頰を膨らませながらも台所へ行き、お代わりの蕎麦を作り始める。

猫がまた近寄ってきて、隼人の膝に頰擦りをした。

「よしよし、寒いんだな」

隼人は麦色の猫を膝に載せ、ゆっくりと撫でる。猫は目を細め、満足げに啼いた。除夜の鐘が聞こえてきた。

――里緒さん、どうしているだろうか。皆と楽しくお喋りか。それとも疲れて、寝ちまったかな。……そういや、里緒さんと一緒に食べた蕎麦も旨かったなあ。

隼人の顔に笑みが浮かぶ。するとどこからか、また別の猫が現れて、隼人に寄ってきた。隼人はそちらも膝に載せ、猫を温めつつ、自分も温もった。

年が明け、文化四年（一八〇七）となった。元日にも雪が降り、江戸は真白な風景に包まれた。しんしんと冷えるので、雪月花のお客たちも初日の出を観にいかず、部屋の中でまったりと過ごしていた。子供たちも、昨日の兎饅頭が効いたのか、おとなしい。

里緒は五つ（午前八時）までに身支度を整え、裏庭の井戸へ若水を汲みにいった。若水とは、元旦に初めて汲む水のことだ。一年の邪気を祓《はら》うとされ、この水で歳神様への供え物や家族の食べ物を調《ととの》える。若水は特別なものであり、遠くへ汲みに出かける時は、途中で人に会っても口を利いてはいけないとされていた。浅草寺の歳の市でお栄とお初に買ってきてもらった若水桶を手に、里緒は裏庭へ行き、井戸から水を汲んだ。それが済むと、白い息を吐きながら、雪が積もった庭を眺めた。

この裏庭で、里緒はお竹やお栄、お初と一緒に花や野菜を育てている。寒い中でもすくすく育った小松菜《こまつな》は、昨日、雪が降る前に収穫していた。幸作は料理に使わなかったが、今日来る彦二郎が使ってくれるだろう。

庭には、里緒の両親と祖父母が好きだった、満作《まんさく》の木が立っている。豊年満作の願いをかけ、木を植えたのだろう。鮮やかな黄色い満作の花に、雪が降りかかっている。その眺めはなんとも清らかで、里緒は見惚れた。

それから若水桶を雪の上に置き、花を育てている一画の前で屈んだ。雪をそっとよけると、福寿草《ふくじゅそう》の蕾が見えた。福寿草も以前から植えられているもので、やはり両親と祖父母が好んでいた。寒さに耐えて花を咲かそうとしている可憐《かれん》な福寿草に、里緒は微笑みかけた。

裏庭から戻ると、若水を湯呑みに入れ、まずは玄関に飾った兎の置物の前に置いた。干支の置物は歳神様を迎えるためのものであるので、つまりは歳神様へ若水を供えることになる。里緒は兎の置物に向かって手を合わせ、雪月花の繁盛と皆の健康を祈った。

それから自分の部屋へ行き、仏壇にも供えた。

――今年も皆が幸せに、楽しく過ごせますように。よいお客様方に恵まれますように。見守っていてください。

里緒は、皆への思いを籠《こ》めて祈る。すると襖の向こうから、お栄とお初の声が響いた。

「女将さん、新年のご挨拶に参りました」

里緒が急いで襖を開けると、二人が初々しい笑顔で立っていた。

「明けましておめでとうございます。今年もどうぞよろしくお願いいたします」

「明けましておめでとうございます。こちらこそ、今年もよろしくね」

「お仕事、しっかり務めさせていただきます」

お栄とお初は声を揃え、丁寧に辞儀をした。礼儀正しい二人に、里緒は目を細める。

「もう少しゆっくりしていてもよかったのよ」

「いえ。そろそろ廊下の雑巾がけをしようと思いまして」

「お客様はまだお寝《やす》みになっている方が多いようですから、二階はもう少し経ってからにします」

「なんだか悪いわね、お正月早々」

お栄とお初は微笑み合う。

「そんなことありません。いつもしていることですから」

「お正月だからといってのんびりし過ぎると、躰が鈍《なま》ってしまいますもの」

里緒は息をつき、胸に手を当てた。

「さすがね。その心がけ、私も見習わないと」

「女将さんだって働いていらっしゃるではありませんか。お初と話していたんです。やっぱり、女将さんが起床される前に、若水汲みや廊下の掃除を済ませておけばよかった、って」

「女将さんに若水汲みをさせてしまって、申し訳ありませんでした」

お栄とお初はまたも揃って頭を下げる。里緒は二人の肩に手を置いた。

「気にしないで。私、若水を汲むのが好きなのよ。実は……誰にもさせたくなかったの」

里緒が声を潜めると、二人は目を瞬《しばたた》かせてから、くすくす笑った。

「女将さんらしいです。若水はお任せしてしまいましたが、ほかのことは私たちがやりますので」

「雑巾がけが終わりましたら、お風呂のお湯を捨てて、風呂桶の掃除をしますね」

里緒は顔の前で手を合わせた。

「助かるわ」

里緒は二人に顔を近づけ、微笑んだ。

「ねえ、その前に、若水で福茶を作って一緒に飲みましょうよ」

「え。嬉しいですけれど……番頭さんやお竹さんに先駆けて、私たちがいただいてもよろしいんでしょうか」

「気にすることないわ。あの二人にはお昼まで眠っていてもらうから。その隙に、味わってしまいましょう」

お栄とお初は満面に笑みを浮かべた。

「では、お言葉に甘えて」

「竈《かまど》に火を熾《おこ》しますね」

二人は兎のように飛び跳ねながら、板場へ向かう。里緒もいそいそと後に続いた。

福茶とは、黒豆、山椒、梅干しの三味を入れて煮たお茶のことだ。お正月のほか、節分や大晦日にも飲み、お正月に飲むものは特に大福茶と呼ばれる。里緒はそれを湯呑みに注ぎ、お正月に相応《ふさわ》しく、結び昆布も加えた。

大福茶もまずは歳神様と仏壇に供えてから、里緒の部屋で炬燵にあたりつつ、女三人で味わった。具が入っているお茶なので、なにやら汁物を喫しているような贅沢な趣《おもむき》がある。一口啜って、三人は目を細めた。

「若水の恩恵を受けて、なにやらよいことがありそうね」

「本当に。女将さんが作ってくださった福茶のおかげで、この一年、元気で過ごせそうです」

「今年も笑顔で福を招きたいです」

里緒は大いに頷いた。

「それが一番よね。笑顔を忘れないことが」

「幸先いいですよね。年末年始にお部屋はいっぱい。お客様方に、お料理もお風呂も褒めていただけて」

「蜜柑湯、好評でしたね。皆様、気持ちよかったって仰ってました」

里緒は二人を見つめ、にっこりした。

「実は、お客様のおもてなしについて、考えていることがあるの。今年から始めようと思って」

お栄とお初は、里緒の話に耳を傾けた。

それから少しして、新しい料理人の彦二郎がやって来た。吾平とお竹はまだ眠っているので、里緒が帳場で対応した。

「こちらの勝手な都合で、新年早々すみません」

「いえ、仕事ですから。しっかり務めさせていただきます」

彦二郎は里緒に丁寧に辞儀をした。武州《ぶしゅう》の生まれで齢四十七の彦二郎は、朴《ぼく》訥《とつ》としているが、おっとりと温和な雰囲気の男だ。女房と死別し、子供はとっくに独り立ちして、気儘《きまま》ないわゆる流しの料理人である。雪月花の前は、池之端《いけのはた》の大きな料理屋に勤めていたという。どうやら寅之助は、その料理屋に食べにいった際に、彦二郎の腕前を知ったようだ。名高い仕出し屋で働いていたことや、大《おお》店《だな》の商家のお抱えだったこともあるそうで、この者なら間違いはないと、寅之助は太鼓判を押していた。

今日の昼餉と夕餉の打ち合わせをしながら、里緒は彦二郎にも福茶を振る舞った。

「私が作ったので、大した味ではありませんが」

肩を竦める里緒に、彦二郎は金壺眼《かなつぼまなこ》を細めて微笑んだ。

「いえ、よいお味です。やる気がいっそう出て参りました。ご馳走様でございます」

彦二郎は姿勢を正して味わった。

打ち合わせが終わると、彦二郎はお栄とお初とも挨拶を交わし、すぐに料理の仕込みにかかり始めた。その真面目な仕事ぶりに、里緒は安堵する。

九つ(正午)近くになると、吾平とお竹が身繕いを終えて部屋から出てきた。ちなみに夫婦同然のこの二人は、部屋も一緒である。

「ああ、ゆっくりさせていただきました。女将、今年もよろしくお願いします」

二人は声を揃えて、里緒に深く礼をする。里緒は微笑んだ。

「吾平、お竹、こちらこそよろしくね。私のおっ父、おっ母として、今年も支えてください」

里緒も丁寧に礼を返す。吾平とお竹は顔を見合わせ、照れ笑いだ。

「いや、うちらはそんな立派なものではありませんが、力の限り、女将を支えて参りますので」

「女将、ともに張り切って、雪月花を守《も》り立てて参りましょうね」

里緒は目を微かに潤ませ、二人に凭《もた》れかかる。

吾平は里緒の華奢な肩に手を置き、お竹は里緒の艶やかな黒髪をそっと撫でるのだった。

八つ近くになるとさすがにお客たちも皆起きて、賑やかな声が下にも響いてきた。里緒もお竹たちと一緒に、昼餉を運んだ。

海老と鴨肉、大根、人参、椎茸、蒲鉾《かまぼこ》、小松菜が入った雑煮《ぞうに》だ。添えられた皿には、黒豆、数の子、ゴマメ、巻き玉子が載っている。それらに福茶と屠蘇《とそ》がついているので、お客たちは大いに喜んだ。

卵とはんぺんを混ぜ合わせて、簀《す》巻《ま》きを使って作った分厚い巻き玉子は、特に子供に好まれた。

「こんなに美味しい玉子焼き、初めて食べた」

子供たちが感激する声が、雪月花のなかに響いている。お客たちの喜びようを見て、里緒は胸を撫で下ろした。

――彦二郎さんの腕前は確かということね。だてに親分さんのお眼鏡に適った訳ではないのだわ。

里緒はお客たちの様子を窺いながら運び終え、板場に行った。

「彦二郎さん、ありがとう。おかげさまでお料理、お客様たちに大好評よ」

鍋を見ていた彦二郎は顔を上げ、照れ臭そうに顔をくしゃっとさせて笑った。

「それはよかったです。夕餉も精一杯お作りします」

里緒は彦二郎に近づき、小首を傾げた。

「ねえ、あの巻き玉子、あまってないかしら」

「女将さんたちの分、すべて残してありますよ。皆さん、お食事まででしょう」

里緒は顔を明るくさせた。

「嬉しい！　お客様たちがあんまり美味しそうに召し上がるから、私も食べてみたくて仕方がなかったの。特に、あの巻き玉子。初めて見たわ、あのような卵の料理は。はんぺんを混ぜると、あんなにふっくらして厚いものができるのね」

「ええ、そうなんです。仕出し屋にいた時に、頼まれてよく作っていました」

「子供はもちろん、大人も喜んでいたわ。仄《ほの》かに甘みがあって、お酒にも合う、って」

「女将さんも是非、召し上がってみてください。皆さんの分もご用意しましょうか」

「お願いします。皆に声をかけて、広間で食べることにするわ。あ、彦二郎さんも一緒にいただきましょうよ」

「いえ……。私は、来たばかりですから」

眉を八の字にする彦二郎に、里緒は頰を膨らませた。
「駄目です。うちは、皆で仲よく、が決まりだもの。ここで働いてもらうからには、うちの決まりを守ってね。ということで、彦二郎さんも広間に集まるようにお願いしますね」
里緒は一転、彦二郎に微笑みかけ、いそいそと板場を出ていった。

夕餉の支度があるので彦二郎はのんびりしていられなかったが、里緒たちと囲炉裏を囲んで雑煮などを味わい、少しずつ馴染んでいった。皆に料理の味を褒められ、彦二郎は照れつつも、嬉しいようだった。

昼餉が済むと、恵方《えほう》参りや浅草寺に出かけるお客も何人かいたが、雪はまだ止まないので、ほとんどの者たちは雪月花に留まっていた。炬燵や火鉢にあたりながら、部屋の障子窓を半分ほど開けて、雪景色を眺めるのもまた乙《おつ》なようだ。浅草寺側の風景も、隅田川側の風景も、それぞれに趣がある。五重塔や大銀杏《おおいちょう》に雪が降り積もる様はなにやら厳《おごそ》かであるし、隅田川に雪が降り注ぎ、向島《むこうじま》の一帯が真白に染まる様はなにやら清々《すがすが》しい。

大人たちは屠蘇で喉を潤しつつ、子供たちは甘酒を味わいつつ、夢のような銀白の景色を堪能した。

夕餉の前に風呂となるが、里緒は元日にもひと工夫した。松湯《まつゆ》を振る舞ったのだ。

松湯は、こうして作る。松の葉と水を鍋に入れて、短い線香が一本燃え尽きるほどの間、煮出す。その煮汁を布で濾《こ》して、風呂に入れればよい。湯舟に松の葉を浮かべるだけでもよいが、ひと手間かけて煮出すと、より血の巡《めぐ》りがよくなり、疲れが取れる。松の葉にも多くの効き目があるのだ。

爽やかな香りの松湯は、いかにもめでたい気分になると、こちらもまた喜ばれた。なかなか出てこない客がいたので、もしや中で倒れているのではないかと吾平が見にいったところ、ただ長風呂を楽しんでいるだけであった。

「すまないね。それだけ気持ちがいいってことだ。凝っていた肩もほぐれて、まさに極楽だねえ」

その客は火照《ほて》った顔を、恥ずかしそうに手で撫で回した。

夕餉の刻になると、里緒とお竹たちは、お客の部屋に料理と七輪《しちりん》を運んだ。火のついた炭も、十能《じゅうのう》に入れて運ぶ。

大根、葱、椎茸、芹《せり》、生姜、小松菜がたっぷり入った鯛《たい》の塩焼き鍋に、お客たちは目を瞠《みは》る。〆《しめ》まで温かく食べてもらうために、七輪に鍋をかける。沸き立ち始め、鯛の旨みが溶け出た汁の匂いが、部屋に漂い始める。

里緒は玉杓子《たまじやくし》で椀に装《よそ》い、武州国は調布《ちょうふ》から訪れている老夫婦に渡した。この老夫婦は初めてのお客だ。

「いやあ、こちらの宿に決めてよかったよ。料理、風呂、もてなしと、三拍子揃っているからな」

「窓からの眺めもよくて、お部屋も綺麗ですしね。また来たくなってしまうわ。今度は桜の時季にでも伺うわね」

里緒は老夫婦に嫋《たお》やかに微笑んだ。

「お気に召していただけて、たいへん嬉しく思います。これからもお客様のために、旅籠の者たち一同、努めて参りますので、今後ともどうぞご贔屓《ひいき》に、よろしくお願いいたします」

三つ指をつき、里緒は深々と礼をする。老夫婦は里緒を眺め、満足げに頷いた。

鯛の塩焼き鍋は、饂飩《うどん》で〆たのだが、こちらもお客たちの胃ノ腑《ふ》を大いに満足させたようだ。

「年越しの蕎麦に、年明けの饂飩か。なにやら縁起がよさそうだ」

皆、笑顔でお腹をさするのだった。


二日には雪も止み、お客たちは恵方参りや、浅草七福神巡りへと出かけていった。晴れてきたから雪は融けると思われたが、少し固まってしまったので、吾平が旅籠の前の雪かきをした。

そのようなところへ、「お宝、お宝あ」という声が響いてきた。宝船《たからぶね》を描いた絵を売り歩いている、宝船売《うり》だ。元日、もしくは二日の夜にその絵を枕の下に敷いて寝ると、吉夢を見ることができると信じられているのだ。

ほかにも三河万歳《みかわまんざい》や角兵衛獅子《かくべえじし》、鳥追いなどの姿も見え始める。凧《たこ》揚げや羽根つきを楽しむ子供たちの声も、少しずつ聞こえ始めた。澄んだ空には、兎のような形の雲が浮かんでいた。

第三章　木苺《きいちご》の思い

一

正月三が日が終わると、せせらぎ通りに並ぶ店も徐々に開き始める。雪月花でゆったりとした正月を過ごしていたお客たちも、この頃にはほとんどが発っていった。

「おかげさまで、のんびりできたよ」

「また必ず来ますね」

お客たちは、雪月花のもてなしに満足して帰っていく。里緒たちも、お見送りに忙しい。

「ありがとうございました。またのお越しを、心よりお待ちしております」

里緒は雪月花の紋が染め抜かれた藍染の半纏を羽織って、淑《しと》やかに見送った。

新しいお客を迎える八つに向けて、部屋の掃除にかかる。お竹は畳や障子を隈《くま》なく見て、押し入れの中も確認した。

「心配していましたが、皆様、丁寧に使ってくださったようです。畳の擦り切れ、障子の破れなどは見当たりません。押し入れにも、おかしなものなどは残されておりませんでした」

「よかったわ。子供が多かったから、私も気懸かりだったの。うちのお客様方は、さすがでいらっしゃるわ。礼儀をよくご存じなのよ」

里緒は胸に手を当てながら床の間に目をやり、首を傾げた。花器に生けていた葉牡丹《はぼたん》と松が、すっかり無くなっていたからだ。お竹も気づき、二人は目と目を見交わす。

「まあ、お花ぐらいは」

「お持ち帰りいただきましても……ね」

ともに肩を竦め、苦い笑みを浮かべた。

急いで掃除を終え、洗濯ものを片付けて火熨斗《ひのし》をかけているところへ、吾平が里緒を呼びにきた。

「お蔦《つた》さんとお篠さんが、新年のご挨拶にいらっしゃいましたよ」

「あら、本当に」

里緒は腰を上げ、急いで玄関へと向かう。お蔦とお篠が笑顔で立っていた。二人の訪問が嬉しくも、里緒の眉が八の字になる。

「こちらからお伺《うかが》いしようと思っていましたのに」

「いいのよ。里緒ちゃんが忙しいって、分かっているんですもの」

「お正月もずっと仕事だもんね。ご苦労さま。ご近所同士、今年もよろしくお願いしますね」

「こちらこそ、どうぞよろしくお願いいたします。まだ至らぬところが多くて、ご迷惑おかけしてしまうかもしれませんが」

里緒は二人に丁寧に辞儀をする。お篠が里緒の肩を叩いた。

「いや、よくやってくれているよ。纏め役、今年までだっけ」

「はい。今年いっぱい、頑張って務めます」

するとお篠とお蔦は顔を見合わせた。

「なんなら、来年もやってもらおうか」

「そうね。雪月花さんが纏め役だと頼もしい、って皆言っているし」

「とんでもない！　それに、年が明けたばかりというのに来年のことを話しては、鬼が笑うどころか腰を抜かします」

「あら、鬼祓いで、却っていいじゃないの」

玄関に和やかな笑いを響かせていると、お竹も顔を覗かせた。

「そんなところで立ち話もなんですから、どうぞお上がりください」

お蔦とお篠は首を横に振った。

「今日はご挨拶にきただけですので。お忙しい時にお邪魔しては申し訳ありませんもの」

「またゆっくり来るよ。はい、これ、うちからのお年賀。いつもの梅大福だけれど、皆さんで召し上がって」

お篠から包みを渡され、里緒は顔をほころばせた。出来立てなのだろう、温かく、甘い香りが漂ってくる。

「ありがとうございます。私をはじめ、うちの者たちは皆、春乃屋さんの梅大福が大好きなんです。もう、これを味わわなくては、一年が始まらないぐらい。……でも、本当によろしいのかしら。大晦日にも兎饅頭をいただいてしまったのに、いただいてばかりで」

「いいんだって。里緒ちゃんと私の仲じゃない。気なんか遣わないで、もらっといてよ。なんたって私、里緒ちゃんが赤ん坊の頃、襁褓《むつき》を替えたこともあるんだからさ」

お篠の気持ちが嬉しいものの、里緒はまたも眉を八の字にしてしまう。お篠は襁褓のことをよく口にするのだが、里緒にしてみれば覚えがないので、なにやら恥ずかしいのだ。お竹が口を挟んだ。

「春乃屋さんの梅大福、本当に美味しいですものねえ。ね、女将、せっかくですからいただいておきましょう。私も食べたいです」

里緒はお竹を横目で睨めた。

「まあ、お竹ったら。……でも、そうね。お篠さん、ありがたくいただきます」

笑みを浮かべる里緒に、お篠は頷く。すると今度はお蔦が包みを差し出した。

「うちからもお年賀。ささやかなものだけれど、受け取って」

「ええ、お蔦さんまで？ そんな、悪いですよ」

お蔦は首を横に振った。

「いつも本当にお世話になっているのですもの。里緒ちゃん、うちにもよく買いにきてくれるし。たまにはお返しさせて」

里緒は躊躇《ためら》いつつも包みを受け取り、おずおずと開いてみて、思わず目を瞠った。

「まあ、顔を洗う時に使うお化粧品。効き目があると評判ですよね」

「そうよ。うちでもよく売れていて、品切れになることもしばしばだわ。里緒ちゃんは充分お肌が綺麗だけれど、よかったら使ってみて。さらに磨きがかかると思うわよ」

お蔦が持ってきたのは、小豆《あずき》と滑石《かっせき》と白檀《びゃくだん》の三種を粉にして合わせた、色を白くする効き目のある洗顔料だった。

里緒は息をついた。

「こちらも欲しいと思っていたので、ありがたく頂戴したいところですが……本当に、よろしいのかしら」

「もちろんよ。里緒ちゃん、私にもお気遣いなく。私がこの町へお嫁にきた時、里緒ちゃんは四つぐらいだったわね。だから襁褓を替えたことはないけれど、考えてみれば私と里緒ちゃんだってもう深い仲よ」

「……襁褓のお話は、もう勘弁してください」

里緒は頬を赤らめ、目を伏せる。

お蔦とお篠はそのような里緒が可愛いのだろう、にこにこしている。お竹は里緒の肩をそっと抱いた。

「皆さんに愛されて、女将は幸せですよ。お二人のご厚意に感謝しませんと」

「はい。どちらも、ありがたくいただきます」

里緒は淑やかに礼をした。


八つに新しいお客を迎え入れ、それが終わって一息つく頃、里緒はお篠からもらった梅大福をお栄やお初、彦二郎に配り、自分は吾平とお竹とともに帳場で味わった。

火鉢にあたってお茶で喉を潤し、梅大福を一口、二口。甘露煮にした梅の甘酸っぱい餡が、中からとろりと蕩け出る。至福を感じて、里緒は目を細めた。

和んでいるところへ、今度は経師屋の茂市、やいと屋の秋月堂《しゅうげつ》、薪炭問屋の黒田屋《くろだ》の主人が三人揃って現れた。里緒たちが出ていき、新年の挨拶を交わした後、茂市が包みを差し出した。

「心ばかりですが、せせらぎ通りの者たちからのお年賀です。雪月花さんにはいつもご馳走していただいておりますので」

「年越しの蕎麦までな。旨かったよなあ」

秋月堂の主人が相槌を打つ。里緒は包みを受け取り、一礼した。

「申し訳ないと思いつつ、ありがたくいただきます。せせらぎ通りの皆様のお心遣いには、本当、頭が下がります。……あら、なにやらよい香りが」

包みに顔を近づけ、里緒は目を瞬かせる。吾平が口を出した。

「女将、開けてみては」

「そうね」

包みの中を覗き、里緒は思わず声を上げた。

「木苺！　それもこんなにたくさん。どこかに摘みにいってくださったんですか」

「いや、別の通りの水菓子屋《みずがし》で、たまたま売っていたんだよ。それを秋月堂さんが目敏《めざと》く見つけて、女将さんなら絶対にこの木苺を気に入るはずだと言い張ってね。それで選んだんだが、これでよかったかな」

黒田屋の主人に訊ねられ、里緒は苺のような紅い唇に笑みを浮かべた。

「これ全部、独り占めしたいぐらい好きです、私」

茂市が目を丸くして、秋月堂の主人を見る。

「よくお分かりになったね。女将が、苺を好んでいるということを」

「まあ、女将を見ていれば薄々分かりますよ。こういう水菓子をよく食べてるってことはね。肌の色艶に出るもんです」

秋月堂の主は腕を組んで得意げに言う。里緒は口に手を当てた。

「鍼灸《しんきゅう》をなさっていると、そのようなことまで分かってしまうんですか」

「いや、仕事上というより、秋月堂さんは山之宿きっての遊び人だから。女心をよく知っているんでしょう」

「女将さんもくれぐれもお気をつけくださいよ」

黒田屋の主人と茂市に見据えられ、秋月堂の主は眉を掻く。お竹が口を挟んだ。

「せっかくですので、皆さん、お茶でも召し上がっていらっしゃいませんか。どうぞお上がりください」

だが、男たちは揃って首を横に振った。

「お忙しいところ、お邪魔しては申し訳が立ちません。お気持ちはありがたいですが、今日のところは帰ります」

「雪月花さん、このところ好調でしょう。今日もいっぱいなんじゃないの」

「商い繁盛、羨ましい限りです。落ち着きましたら、また改めてゆっくりお話ししたいものです」

里緒は背筋を伸ばして、三人を見つめた。

「お心遣い、本当にありがとうございます。皆さんといっそう仲よくできますよう、今年もいろいろ考えておりますので、お力添えくださいませ」

「もちろん。いつでも力になります」

三人は声を揃えて約束し、帰っていった。


里緒の案で、今年からは月ごとに湯の種類を替えて、お客たちに楽しんでもらうことにした。年末年始の蜜柑湯と松湯が好評だったからだ。福茶を飲みながら、里緒がお栄とお初に話したのは、この件についてだった。

睦月《むつき》の内はこのまま松湯を続けるため、里緒は今日もせっせと松の葉を煮出す。お風呂に使う時は、短いお線香が一本燃え尽きるほどの間だけ煮出すのだが、松葉茶を淹《い》れる時はほんの少し煮出せばよい。

爽やかな香りの松葉茶には多くの効き目があり、仙人も愛飲する長寿の秘薬ということを、里緒は知っていた。

——仙人になろうとは思わないけれど、躰にはよさそうね。健やかでなければ、女将を務めることはできないもの。

松の葉の香りを吸い込みながら、里緒は菜箸でゆっくりと鍋を掻き混ぜるのだった。


一日を終え、里緒はお湯を浴びて、一息ついた。お客たちと同様、里緒たちも松湯に入っている。鏡に向かい、松の葉の効き目で潤った肌に、花の露をたっぷりとつける。顔を洗う時に、お蔦からもらった化粧品を使ったので、さらに肌がきめ細かくなったように見えて、里緒は笑みを浮かべた。

里緒は今日、髪も洗ったので、大きめの手ぬぐいを巻いて水気を取る。洗髪の際には、海蘿《ふのり》と饂飩粉を混ぜ合わせたものを用いる。町人の女は月に二、三度しか洗髪しないと言われるが、里緒はなるべく頻繁に洗うようにしている。自分で髪も結えるからだ。それはお竹たちも同様であり、お客相手の商いゆえ、身だしなみには常に気を遣っていた。

里緒の髪は豊かで艶があり、まさに烏《からす》の濡《ぬ》れ羽《ば》色だ。髪が乾く間、里緒は花の露を、首筋や肩だけでなく、躰の隅々にまでつけていった。いばらから作られる化粧品の、みずみずしく甘い香りに躰中が包まれる。

髪が乾いてくると櫛《くし》で梳《す》きつつ、椿油《つばきあぶら》を塗りつける。花の露や椿油など、化粧品はいつも、お蔦の小間物屋で買っていた。

もう少し乾かしたいので、里緒は束ねずに洗い髪のまま、炬燵にあたった。炬燵布団を肩にまで引き上げながら、ふと、箪笥《たんす》の上に置いた張り子の狛犬《こまいぬ》に目が留まった。昨年の秋、隼人と浅草寺に出かけた折に、買ってもらったものだ。

——あの時は、楽しかったわ。隼人様、もう役宅のほうへお帰りになっているわよね。お母上様とどのようにお正月をお過ごしになったのかしら。

二人で浅草寺を歩いたことが思い出され、化粧を落とした里緒の顔に、優しい笑みが浮かぶ。

——それにしても今日は、ご挨拶にいらっしゃる方が多かったわ。せせらぎ通りの皆さんだけでなく、山之宿町のお知り合いの方々、町名主《まちなぬし》さんもいらっしゃったし。そうそう、昨年の火事の時、炊き出しでお世話になった竹仲《たけなか》様もお見えになったわ。律儀でいらっしゃるわね。

竹仲は、浅草寺の前あたり一帯を取り仕切っている町名主である。

——親分さんは、お内儀さんと若い衆の皆さんを連れて、箱根《はこね》に行っているのよね。毎年、お正月を温泉で過ごすのは、盛田屋の慣わしですもの。帰ってくるのは明後日頃かしら。すぐに仕事始めで、暫くは忙しいでしょうから、親分さんがお見えになるとしたら松の内が明けてからね。箱根のお土産、今年もまた買ってきてくれるかなあ。

厚かましくもそのようなことを考え、里緒は、ふふ、と笑う。

寅之助は江戸に帰ってきてから、毎年恒例の盛大な宴会を、今年も開くようだ。盛田屋でまず開き、吉原の妓楼《ぎろう》でも開く。盛田屋のほうの宴会には、吾平が赴くことになっていた。

髪がだいぶ乾くと、首の後ろで緩く纏め、撫子《なでしこ》色の浴衣に臙脂《えんじ》色の半纏を羽織って、里緒は板場に行った。彦二郎は既に帰っている。幸作と同じく、通いで勤めているのだ。

里緒は板場に立ち、茂市たちからもらった木苺を使って、料理を始めた。この時季に採れるのならば、木苺の中でも冬苺と思われた。

蜂蜜《はちみつ》で煮詰め、苺が溶けてきたら砂糖を少し加えてさらに煮詰め、とろみが出てきたら柚子を搾《しぼ》って、できあがりだ。

板場に、木苺を煮る甘い香りが満ち溢れる。浴衣や半纏にまで染みついてしまいそうで、里緒は思わず袂を鼻に近づけた。

その香りは廊下にまで広がったのだろう、厠へと下りてきたお客が、その帰りに板場を覗き込んだ。

「この匂いは何だい」

「木苺を煮ているところです。夜分に申し訳ございません」

「いや、別に構わないさ。あまりにいい匂いだから、ちょっと気になってね。二階にまで漂ってきたから」

里緒は目を瞬かせた。

「二階にまで、ですか。こんな刻限に……どうしましょう」

「心配することはないよ。悪臭ならともかく、こんな匂いなら、漂っていたほうがいいじゃないか。いい夢が見られそうだ。この香り、この旅籠に合っていると思うよ。だから気を遣わず、料理を続けてくれ」

お客は里緒に目配せすると、部屋へ戻っていった。

里緒は息をつき、鍋の中でとろりと濃紅色に蕩《とろ》けている木苺を、篦《へら》でゆっくりと掻き混ぜた。

里緒は椀に盛り、お盆に載せて板場を離れた。今日の火の番はお栄とお初なので、それを渡す。艶やかな木苺煮に、二人は大いに喜んだ。

「さっきから、いい匂いがするなあって思っていたんです」

「見るからに美味しそうです。木苺ってあまり食べたことがないから、期待してしまいます」

「美味しいわよ。ちょっと味見してごらんなさい」

里緒に微笑まれ、お初はおそるおそる指で少し掬《すく》って、舐めてみる。そして、目を見開いた。

「うわ、期待していた以上です。今、ちょっと味見しただけで、一日の疲れが癒されます」

「そんなに美味しいの?」

「うん。お栄ちゃんも味見してみなよ」

お初に促され、お栄も指で掬って舐めて瞠目《どうもく》する。

「女将さん、感激です。この味わいには、幸せを感じます」

「作ってくださって、ありがとうございます」

二人は里緒に丁寧に礼をする。

「よかったわ。気に入ってもらえて」

「女性《にょしょう》で、この味と香りを嫌いな人って、あまりいないと思います」

「このようなお料理は、若い娘は間違いなく好きですよ。見た目も味も可愛らしくて」

里緒は顎に指を当てた。

「そうよね。私は若い娘とは言えないけれど、それでも木苺煮にはときめくもの。これから梅や桃や桜が見頃の季節になると、娘さんたちも多くいらっしゃるようになるから、このようなお料理を出してみてもいいかもしれないわね」

「絶対に喜ばれますよ。やはり女将さんは、凄いです。次々に案が浮かんでいらっしゃって」

「あなたたちがいろいろ感想を言ってくれたから、思いついたのよ。いつもありがとう、支えてくれて」

里緒はお栄とお初の肩に手を載せ、微笑んだ。

「後は頼んだわね。眠い時は無理しないで、微睡んでもいいから。よろしくお願いします」

「かしこまりました。木苺の力で、乗り切ります」

「冷めても美味しいとは思うけれど、気になるようだったら、七輪で温め直してみて。あ、でも、くれぐれも火には気をつけてね」

ていた。

「はい。気をつけます」

お栄とお初は木苺煮が盛られた椀を手に、笑みを浮かべた。

寒い夜、雪月花には、一足早く春を感じさせるようなみずみずしい香りが漂っていた。

二

松の内が明けると、隼人が訪れた。薄紅梅色の小袖に、月白《げっぱく》色の帯と半衿を合わせた里緒の姿に、隼人は思わず見惚れる。

まさに香り立つような美しさを湛《たた》えて、里緒は隼人を迎えた。

「隼人様、お待ちしておりました。本年もどうぞよろしくお願いいたします」

「こちらこそよろしくな、里緒さん」

木苺の匂いがまだ残る玄関で、二人は笑みを交わす。

たっぷりもらったので、里緒はこのところ木苺煮を毎日作り、お客たちにも振る舞っていた。

「なにやらいい匂いがするな」

上がり框を踏んだ隼人が、鼻を動かす。

すると、吾平とお竹が帳場から顔を覗かせた。

「旦那が早くお見えになるよう、女将が願《がん》を懸けていたんですよ」

「紅《あか》く蕩《とろ》ける、おまじないをね」

隼人は目を瞬かせる。

里緒は頬をほんのり苺色に染めて、唇を尖らせた。

「吾平、お竹、くだらないことを言う前に、隼人様にご挨拶はないの？」

すると二人は背筋を伸ばし、声を揃えた。

「旦那、今年も何卒よろしくお願い申し上げます」

「いきなりかしこまられると、なにやら調子が狂うぜ。まあ、よろしく頼むわ」

隼人は太い眉を掻き、手に提げた包みをお竹に渡した。

「根岸《ねぎし》の里の名物の、煎餅だ。大福にしようかと思ったが、日持ちを考えてこちらにした。旨《うめ》えぜ。皆で食べてくれ」

「まあ、旦那、ありがとうございます」

「早速、皆でいただきます」

お竹と吾平に続き、里緒も礼を述べた。

「隼人様、ありがたくご馳走になりますね」

里緒は楚々と微笑み、隼人を自分の部屋へと案内した。

部屋に入ると、隼人は里緒に願って、仏壇を拝んだ。

それから二人で炬燵にあたり、笑みを交わしているところへ、お竹がお茶を運んできた。

「積もるお話もありますでしょうから、ごゆっくりどうぞ」

お竹は二人に目配せをすると、さっさと出ていく。その後ろ姿を眺めて、里緒は肩を竦めた。

「もう、お竹ったら、人のことをからかってばかりいて」

「いいじゃねえか。悪気はねえんだよ。まあ、里緒さんをからかいたくなる気持ちは、分かるけどな」

「あら、それはどうしてですか」

「うむ。純真で、擦れていないからだ。たとえば猫や兎をからかって遊ぶと、楽しいだろう。餌をやるふりをして、やらねえとか。あれに近いものがあるんじゃねえかな」

里緒は首を傾げてから、唇を尖らせた。

「私は猫や兎ではなくて、生身の女ですけれど」

「女ではあるが、猫や兎に近いところもあるってことよ」

「まあ」

お茶を飲む隼人を、里緒は軽く睨んだ。

火鉢の炭が爆《は》ぜる音が、時折、響く。

まったりとしながら、隼人がおもむろに口を開いた。

「この前、言っていたことだが、調べてみて分かった。里緒さんのご両親が亡くなって少し経った頃、平戸《ひらど》藩で揉め事があったんだ」

「どのようなことですか」

里緒は身を乗り出した。

「うむ。いわゆる、お世継ぎ騒動だ。藩主と正室《せいしつ》の間に生まれた男子は病弱、側《そく》室《しつ》との間に生まれた男子は健勝《けんしょう》で聡明《そうめい》。先に生まれたのは正室の子供のほうだが、どうも藩主を継ぐのは無理らしく、側室との子供を跡継ぎにしようとの動きが予てあったようだ。それで正室が怒ってしまい、側室の子供を殺そうとしたらしい」

「まあ」

里緒は両手で口を覆った。

「といっても、正室が自ら手をかけたという訳ではないけどな。家臣にやらせたのだろうが、失敗したようだ。食べ物か飲み物かに毒を混ぜたらしく、側室の子供はそれを喫してから暫くして七転八倒の苦しみ方を見せたが、幸いにも助かった」

「ああ、よかったです。それを聞いて安心しました」

里緒は胸に手を当てる。

隼人は里緒に優しい眼差しを向け、お茶を啜った。

「うむ。しかし、毒味役もいたというのに、どうやって毒を入れたのか、謎だけれどな。毒味役は何ともなかったらしい」

「ご子息はおいくつなのでしょう」

「その当時、十とか十一だったようだ」

里緒は顎に指を当て、首を傾げた。

「ならば、草花から採った毒をどうにかして混ぜたのかもしれません。あるいは、料理に使った何かの野菜を、それによく似た、毒を持つ野草にすり替えていたとか。毒は毒でも、猛毒ではない優しい毒であれば、大人である毒味役には効かなくても、子供にはじわじわと効いて参りますでしょう」

「ふむ。草花の毒っていうのも、怖いというからな」

「あるいは、ご子息のお躰は何かの食材を拒絶することを知っていて、それをわざと料理に使ったのかもしれません。見ただけではそれとは分からぬように工夫して、食べさせたとか。それで発作を起こしてしまったと」

隼人は腕を組み、唸った。

「里緒さん、年明けから冴《さ》えているじゃねえか。そうすりゃ、毒を使わなくても、苦しめることはできるよな。その発作が重篤であれば、死に至らしめることもできるだろう」

「さようです。未遂に終わってよろしかったですが、それを謀《はか》った者たちはどうなったのですか」

「それがはっきりしねえんだ。藩の中のことは、藩で形をつけるからな。処罰したところで、後から御上《おかみ》に報せるだけだ。どうやら納戸役《なんどやく》の一人が切腹となったらしいが、責任を押しつけられたような気もする。いずれにしても正室が関わっているだろうから、藩もできる限り内密に終わらせたかったに違えねえ」

「それで隼人様は、こう仰りたいのですね。うちでなにやら密談をしていた侍は、平戸藩の跡継ぎの暗殺を謀った者たちで、その相談をしていたのではないかと」

「そう考えると、しっくりくるような気がしたんだ。たぶん、ここの家宝だった、四郎兵衛という男からもらった猫の置物は、南蛮渡来のものだったのではないかな。平戸藩の者たちは異文化にも慣れているだろうから、その置物を見て、高価なものだと分かったんだ。それで、二階の部屋でお世継ぎ暗殺を相談しつつ、猫の置物を奪うことも謀っていたって訳だ」

「そして暗殺の謀《はかりごと》を私の母に聞かれたと勘違いして……殺め、猫の置物まで盗んだと」

里緒の美しい顔に影が差す。隼人は里緒を真っすぐに見つめた。

「嫌なことを考えさせちまうかもしれねえが、これも真相を突き止めるためだ。我慢してくれな」

「はい、覚悟の上です。だって私が我儘申し上げて、両親の死について調べていただきたいと、隼人様にお願いしたのですから」

「うむ。俺だって、下手人《げしゅにん》を捕まえてえんだ。だから里緒さん、心を強く持って、力添えしてくれな」

「はい。どのようなことをお聞かせくださっても、大丈夫です」

里緒はしっかりと頷く。隼人は里緒の面持ちを窺いながら、話した。

「それで、平戸藩を少し見張り、探ってみようと思っているんだ。お世継ぎの暗殺が失敗してから、三年が経つからな。その時に謀った者たちは、そろそろまた、何かを起こそうとしているかもしれねえ。そこをどうにか押さえれば、暗殺を未然に防げるし、里緒さんのご両親のことも解決できるような気がするぜ。まあ、俺たちが大名家を調べるのはご法度《はっと》だから、慎重にやろうと思う」

里緒は姿勢を正し、微かに潤む目で隼人を見つめた。

「隼人様が仰ることで、間違いはないように思います。調べてくださいますよう、よろしくお願いいたします」

里緒は炬燵を離れ、額を畳につけるように、深く礼をする。

隼人は、里緒の白いうなじと艶やかな黒髪に目を奪われながら、息をついた。

「任せておけ。まずは半太と亀吉に上《かみ》屋敷を見張らせるぜ」

里緒は顔を上げ、訊ねた。

「上屋敷はどちらにあるのですか」

「三味線《しゃみせん》堀の近くだ。こことそう離れてねえよ」

「そうなのですね。では、半太さんと亀吉さんに、お腹が空いたらここにお立ち寄りになられますよう、お伝えください」

隼人は里緒に微笑んだ。

「相変わらず優しいな、里緒さんは。いいんだ、あんな奴ら、放っておいたって。腹が減ったら、雑草でも引っこ抜いて食うだろうよ」

「まあ、毒草に中《あた》ったら、どうするんですか」

静かな部屋に、二人の和やかな笑い声が響く。隼人はお茶を啜った。

「ここに泊まりにきていた四郎兵衛も探してはいるのだが、まだ見つからねえな。半太と亀吉が番町を探っているのだが」

「名前、もしくは居所を偽っていたのでしょうか」

「うむ。すると見つけるのが難しくなるなあ」

腕を組む隼人を眺め、里緒は溜息をついた。

「望みはなくなりますでしょうか」

「いや。……四郎兵衛がよく参加していたという、京橋で開かれていた集まりってのが何か分かれば、そこから探し出せるかもしれねえ」

隼人と里緒の目が合う。

里緒は顎に指を当てた。

「単なる、親戚のお正月の集まりのような気もするのですが、何なのでしょうね。四郎兵衛さんはずいぶん酔っ払ってそこからうちにお見えになっていたようですので、堅苦しい集まりとは思えないのですが。ただ、一番初めにいらした時は霜月で、その集まりも霜月に開かれたようです。後に、霜月からお正月に変わったと思われます」

「霜月といえば、酉《とり》の市《いち》に火祭りか。それに便乗しての何かの集まりだったのだろうか」

酉の市とは、霜月の酉の日に、大鳥《おおとり》神社などの境内で行われる縁起物《えんぎもの》の熊手市《くまでいち》だ。熊手にはもともと魔除《まよ》けの意味があり、火事除《よ》けとして売られていたものだが、徐々に商い繁盛のご利益《りやく》をもたらすものとしても買い求められるようになった。

火祭りは、火事を防ぐ祈願を籠めての鎮火祭りだ。三崎稲荷《みさきいなり》神社や亀戸《かめいど》天神、谷保《やほ》天満宮のものが名高く、霜月二十八日の品川千躰荒神《しながわせんたいこうじん》祭まで各所で行われた。

「もしくは、歌舞伎の顔見世興行を楽しんだ後に、集まっていたのかもしれません。森田《もりた》座は京橋の木挽町《こびきちょう》にありますよね」

歌舞伎の顔見世興行とは、幕府公認の江戸三座である中村座《なかむら》、市村座《いちむら》、森田座が、それぞれ今後一年に舞台に立つ役者の顔ぶれを披露する芝居のことだ。中村座と市村座は日本橋《にほんばし》にあり、森田座は京橋にある。

隼人は腕を組んだ。

「なるほど。案外、その線かもしれねえな。一番初めは、顔見世興行を楽しんだ後で宴会を開いていたので、霜月だったんだ。その後は正月に芝居を楽しみ、その後で宴会を開いていたのかもしれねえ。そして四郎兵衛は、その仲間の一人だった、と。そういう者たちなら、羽振りもよくて桟敷《さじき》席を買い占めたりして目立っていただろうよ。心当たりはねえか、森田座をはじめ三座の連中に訊ねてみるか」

「よろしくお願いいたします。四郎兵衛さんのことも、なにやら気懸かりですので」

「任せておけ。俺も気になるから、半太と亀吉に、京橋と日本橋を探らせてみるぜ。もちろん俺も時間があるときには探ってみる」

二人は優しい眼差しを交わす。その時、隼人のお腹がぐぅと鳴った。

「いや、これは失礼」

頭を掻く隼人に、里緒はくすくすと笑った。

「いえ。お腹が空いていらっしゃるのに何もお出しせず、こちらこそ失礼いたしました。用意して参りますので、少しお待ちくださいませ」

しなやかに腰を上げる里緒を、隼人は引き留めた。

「そんな、申し訳ねえよ。もう暇するんで、気を遣わねえでくれ」

「いいえ。隼人様を空腹のままお帰しするなんてこと、できません。これもお話に夢中になり過ぎました、私の責任です。責任はちゃんと取らせていただかなくては」

里緒は笑みを残して、さっさと部屋を出ていく。襖をぴしっと閉める音が響いて、隼人は姿勢を正した。

少し経って、里緒が料理を運んできた。湯気の立つ小鍋を見て、隼人は相好を崩す。

「牡蠣《かき》鍋とは恐れ入った」

大根おろしがたっぷりかかった、みぞれ鍋だ。鍋に気を取られつつ、隼人は皿に盛られた掻き揚げにも惹《ひ》かれるようだった。

「これは芋《いも》の掻き揚げかい？」

「召し上がってみてください」

隼人は箸で掻き揚げを摘まみ、一口食べて瞠目した。

「これは甘くて旨えな。芋と、何が入ってるんだろう」

里緒は紅い唇に笑みを浮かべて、答えた。

「林檎《りんご》です」

「林檎って、あの水菓子《みずがし》のかい？」

「さようです。薩摩《さつま》芋と林檎の掻き揚げ、なかなか乙な味わいでしょう。新しく来た料理人に教えてもらったんです」

甘みのある掻き揚げだが、塩を振れば酒のつまみにもなる。隼人は感心しながら、あっという間に一つ食べてしまった。

「このような料理もあるんだな。今度入った料理人も、腕がいいみたいじゃねえか」

「ええ。頼りになりますわ。いろいろなお料理をご存じなので、教えてもらっています」

「里緒さんの腕もますます上がるな。今でも充分だが」

「いえ、もっと上達したいです」

二人は微笑み合う。鍋と天麩羅《てんぷら》のほかに、甘味もついている。木苺煮がたっぷりかかった白玉は、甘く優しい香りを漂わせていた。

隼人は謎の侍たちと四郎兵衛を突き止めるべく、平戸藩の屋敷の見張りと、京橋あたりの探索を、半太と亀吉に交替でさせることにした。

隼人も三座に赴き、例年、正月頃に訪れる客にそれらしき者はいないか訊ねてみたが、手懸かりはなかなか摑めなかった。

平戸藩の藩士たちは特別な動きを見せず、京橋での集いというのもなかなか割れず、探り出すには時間がかかるように思われた。

気懸かりなことはあるが、里緒はそれでも前向きな気持ちだった。梅が咲き始めたからだ。桜ほど派手ではないものの、得《え》も言われぬ芳香を漂わせる素朴な梅の花が、里緒は愛しい。せせらぎ通りにも梅の木はちらほらと立っていて、濃紅、薄紅、白の花びらの彩に、つい見惚れてしまう。

梅の名所で名高いのは亀戸の梅屋敷だが、三年前の文化元年（一八〇四）には向島《むこうじま》に三千坪の広さの新梅屋敷ができた。この時季、雪月花に泊まるお客たちは皆、梅を見に、亀戸や向島の梅屋敷に赴いた。

その際にお客に持たせる雪月花弁当の品書きは、梅おにぎり、昆布と椎茸の梅煮、鰆《さわら》の梅紫蘇《しそ》巻き天麩羅、菜の花と油揚げの和え物、蕪《かぶ》の梅酢漬け、梅の甘露煮だ。里緒が考えたこの梅見弁当を、彦二郎は丁寧に作り、お客たちは皆、味と見た目の麗しさに感嘆した。

三

如月《きさらぎ》は、梅見月とも呼ばれる。少しずつ暖かくなってくるこの時季、雪月花の雰囲気もいっそうほのぼのと和やかになる。

八日の事納めには、お客たちに六質汁《むしつじる》を振る舞った。事納めとは、正月を納めるという意味で、招福から除災への移り変わりを示す。里緒たちも軒先に、空に向けて籠を先につけた物干し竿を立てかけた。これは、天からもたらされる災害や病魔を防ぐためのおまじないだ。

この日に食べる六質汁には、魔除けの力を持つ赤小豆《あかあずき》、牛蒡、芋、大根、豆腐、焼き栗、慈姑《くわい》などを入れて、味噌で煮込む。六質汁を食べて、一年の健康と、天災と人災の両方を避けることを願った。

春の彼岸になると、寅之助が雪月花を訪れた。

「親分さん、今日はよろしくお願いします」

里緒は玄関で、丁寧に礼をした。練《ねり》色の小袖に萌黄《もえぎ》色の帯を結んだ里緒を、寅之助は目を細めて眺める。

里緒の艶やかな黒髪には、母親の形見の櫛と簪《かんざし》が飾られていた。

「女将、ゆっくり墓参りしてきな。その姿を見せてやったら、両親も喜ぶぜ。しかし、先の女将に似てきたなあ」

腕を組んで唸る寅之助に、お竹が口出しした。

「そうですよねえ。時々、思いますもの。あら、先の女将がいるのかしらって」

「まさに。だが、まあ、今の女将のほうがやっぱり別嬪だぜ」

大きく頷く寅之助に、お竹と吾平は顔を見合わせ苦笑いだ。含羞《はにか》む里緒に、吾平は告げた。

「そろそろ行きましょう。親分、お忙しいところ申し訳ありませんが、また私の代わりをお願いします」

「おう、任せておけ。わっしは、ここの番頭をやるのが好きなんだ。一度やると、癖になっちまうぜ」

寅之助は豪快に笑いながら、お竹に手伝ってもらって、雪月花の紋が染め抜かれた半纏を羽織る。その姿を眺め、里緒と吾平は笑みを浮かべた。

「親分さん、お似合いです」

「私の役目を乗っ取られないようにしませんとな」

寅之助は吾平の肩を威勢よく叩いた。

「そしたらお前が、わっしの代わりをすればいいじゃねえか。お前が盛田屋の主人よ。今度はわっしがお前を親分って呼んでやるぜ」

吾平は肩をさすりながら、眉を八の字に曲げた。

「それはありがたいですがね、私はそれほどの器ではありませんよ。今の番頭が性に合っております」

里緒も口を挟んだ。

「そうよ。親分さんは、ただ、人のものがよく見えているだけでしょう。吾平はここの番頭が、親分さんは盛田屋のご主人が、やはり相応しいのよ」

「そうですよ。ここで番頭を務めたりしたら、女将からしごかれますよ。あんな顔をして、それはもう、厳しいんですから」

お竹が言うと、寅之助は目を見開いた。

「へえ、女将って、そんなに怖いのかい」

里緒は咳払いをした。

「ええ。親分さんといえども、うちで番頭を正式にしていただくことになりましたら、遠慮はいたしません。お竹とともに、びしびし鍛えさせていただきますからね」

「二人がかりでこられたら、そりゃかみさんよりも恐ろしいぜ！　くわばら、くわばら」

寅之助は頭を撫でながら、逞《たくま》しい躰を縮こませる。

玄関に笑いを残して、里緒と吾平は外に出た。二人の背中に、寅之助が声をかけた。

「旦那さんと先の女将さんに、よろしくな」

里緒は振り返り、微笑んだ。

「はい。必ず伝えます」

どこからか、鶯《うぐいす》の啼き声が聞こえた。

里緒の両親の菩提寺《ぼだいじ》は善照寺《ぜんしょうじ》で、東本願寺《ひがしほんがんじ》を南へ少しいったところにある。それゆえ、雪月花とそう離れてはおらず、里緒一人でも充分に行けるのだが、墓参りをする時は、吾平かお竹が必ず付き添っていた。二人の心の中に、先代に手向けをしたい気持ちがあるからだろう。

よく晴れた日、綿雲《わたぐも》が浮かんでいる。里緒は家から持ってきた花を、墓前に供えた。裏庭で長く咲いている、両親と祖父母が好きだった満作の花の切り枝だ。吾平が線香に火をつけ、それも供える。二人は身を屈め、墓前で、数珠《じゅず》をかけた手を合わせた。線香の白い煙が、空に向かって、真っすぐに立ち上っていく。

——お父さん、お母さん、お祖父さん、お祖母さん、いつも見守ってくれていて、ありがとうございます。おかげで、よい方々とのご縁に恵まれて、日々支えていただいております。

里緒は華奢な躰を微かに震わせ、先祖に切々と語りかける。その隣で吾平も、静かにひたすら祈っていた。

目を開けると、父母や祖父母たちの優しい笑顔が見えたような気がして、里緒は思わず涙ぐんだ。

——どうして私を置いて、逝ってしまったの。

そのような思いが、未だ込み上げてくる。血が繋がった者が傍から消えてしまった不安と孤独が、里緒を時折、無性に苛《さいな》むのだ。吾平は里緒の背中にそっと手を当てた。

寺を出ると、二人は、門前の水茶屋で床几《しょうぎ》に腰かけて一休みした。近くに梅の木が立っているので、その芳香が仄かに漂ってくる。里緒は白い梅の花を眺めながら、熱いお茶を啜った。

「先代がお亡くなりになってから、もう三年と少しが経つことになるんですね。早いものです」

吾平の言葉に、里緒は頷いた。

「本当に。普段は忙しいから忘れていられるけれど、お墓参りにきたりすると、いろいろなことが思い出されて、なにやら考えてしまうわね」

吾平は、里緒の整った横顔を眺めた。

「女将、寂しいのではありませんか」

里緒は首を微かに横に振った。

「寂しくはないわ。吾平をはじめ、皆が傍にいてくれるから」

「強がらなくていいんですよ」

里緒は吾平を見つめた。

「強がっていないわよ。……ただ、時々、思うの。どうしてだったんだろう、って。どうして、あれほど突然、いなくなってしまったんだろう、って。病に罹《かか》っていたというならば、気持ちの準備ができるじゃない。でも、あのような事故では、気持ちの準備なんて無理でしょう？　だって、旅から帰ってきたら、亀戸天神の火祭りに一緒に行こうって、お母さんと約束して……」

里緒は声を詰まらせ、指で目元を拭う。

吾平はお茶を飲み干した。

「今だから訊きますけれどね、女将も先代の死について、どこかおかしいと思ってらしたんでしょう」

里緒は潤む目で吾平を見る。

吾平は続けた。

「正直言いますと、私とお竹も思っていたんですよ。私たちが気づいていたんですから、勘が鋭い女将が気づかないはずがないでしょう。あの時の代官の調べに、女将が納得していなかったことも、分かっていましたよ。私どもにそのことをいつ話してくれるんだろうと思っていたのに、何も仰らないんで焦れてきてしまってね。三年以上が経つんだから、そろそろ真相を突き止めてもいいんじゃないかと思って、それで山川の旦那がいる前で件の侍のことを話したって訳です」

　里緒は目を見開いた。

「まあ、そうだったの。だから、あの時、突然……」

「さようです。ああすれば、女将も旦那に相談しやすくなると思いましてね。まあ、旦那にもそれとなく言ったんですが。先代の死について、女将から一度、話を聞いてみてくださいと」

　言葉を失ってしまった里緒を、吾平は真っすぐに見た。

「差し出がましいことをしてしまい、申し訳なかったです。でも、意地っ張りな女将のことだ、それぐらいしないと、内に秘めてしまって誰にも相談しないと思ったんですよ。ねえ、女将。もうこれからは、どんなことだって一人で抱え込まないで、話してください。そのための家族じゃないですか」

　里緒は何か言おうとするが、言葉が出ない。

「女将と我々は血が繋《つな》がっていませんが、それでも苦楽を共にしている家族なんですよ。遠慮しないでください。もし、どうしても話しにくい時は、山川の旦那に相談してください。旦那は必ず、女将の話なら、耳を傾けてくれます。旦那、仰ってましたもの。女将はどうしてもっと早く相談してくれなかったんだ、俺はどうして気づかなかったんだ、って。悔やんでいるようでした」

里緒は温くなったお茶を一口飲んだ。

「ごめんなさいね。なにやら、いろいろ気を揉ませてしまって。……吾平たちの気遣いのおかげで、隼人様にようやく相談することができたわ。今、調べてくれているの」

「本当によかったです。真実を突き止めてもらいましょう」

「すぐという訳にはいかないかもしれないけれど、私はそれでもいいの。……なんだかね、打ち明けられただけで、だいぶ気が楽になったから。胸の内を聞いてもらえて、安心したんだと思うの。だから、探索の結果は、おとなしく待つつもりよ」

「それがいいと思います。既に三年以上が経っているんだ。今から焦ってみたところで始まりませんよ。じっくり調べてもらいましょう」

里緒と吾平は頷き合う。梅の花の蜜を吸いにきたメジロが、愛らしい声でさえずっていた。

里緒と吾平が九つ過ぎに雪月花に戻ると、彦二郎が牡丹餅《ぼたもち》と精進寿司《しょうじんずし》を作り終えていた。精進寿司は、椎茸の握り寿司、干瓢《かんぴょう》巻き、梅紫蘇巻き、沢庵《たくわん》巻きだ。

里緒はそれらをまず、仏壇に供えた。漉《こ》し餡《あん》をたっぷり塗《まぶ》した牡丹餅は、里緒の両親と祖父母の好物だった。精進寿司も然《しか》りだ。吾平と打ち解けて話をして、里緒の心はだいぶ軽やかになっていた。

これから牡丹餅と精進寿司を近所に配るのだが、その前に、留守を頼んだ寅之助にお裾分けした。

「親分さん、ご苦労様でした。お腹が空いたでしょう。けんちん汁もできているから、召し上がっていって」

里緒に誘われ、寅之助は頭を掻いた。

「いや、すまねえなあ。確かに腹が減ったから、ご馳走になるぜ。慣れねえ番頭の仕事して、くたくただ」

「あら親分さん、くたくたになるほど動いていらっしゃいませんよ」

お竹が口を出すと、寅之助はぎろりと睨《ね》める。肩を竦めるお竹に、吾平は苦笑いだ。

「いずれにせよ、召し上がっていってください。彦二郎が今、運んできます」

少し経って、帳場の入口にかけられた長暖簾《ながのれん》を掻き分け、彦二郎が入ってきた。手に持った膳には、牡丹餅と精進寿司、けんちん汁が載っている。

「お待たせいたしました。親分さん、ご苦労様でございます」

「おう。どうだ、調子は」

「はい。快く仕事させていただいております」

「そりゃ、よかったじゃねえか。なによりだ」

寅之助は早速、椎茸の握り寿司を摘まみ、目尻を下げた。

「旨えなあ。彦二郎、やっぱりお前は腕がいいぜ」

「ありがとうございます。では、皆さんの分もお持ちしますので、味わってみてください。少しお待ちを」

彦二郎は踵《きびす》を返し、板場へと戻っていく。寅之助は忽《たちま》ち精進寿司をすべて食べ終え、お茶をずずっと啜った。

寅之助の厚意でお栄とお初も呼んで、先代を偲びつつ、皆で味わった。

寅之助が帰る時、里緒は土産を持たせた。

「皆さんで召し上がってくださいい。いつも本当にありがとうございます、親分さん」

「悪いなあ。でもその心遣いが嬉しいぜ。ありがたくいただいて、若い奴らに食わせてやるよ。おっと、お貞の奴にもな」

里緒は顔をほころばせた。

「はい。お貞さんによろしくお伝えくださいね」

気風よく盛田屋を取り仕切っているお貞に、里緒は仄かに憧れているのだ。

寅之助も笑顔で答えた。

「おう、伝えておくぜ。女将はいっそう貫禄がついてきたってな」

「まあ」

和やかな笑いが起きる。立ち去ろうとする寅之助に、お栄とお初が声をかけた。

「親分さんのおかげで、私たちも美味しいものをいただけました。ご馳走様でした」

「いつもお気遣いくださって、ありがとうございます」

礼儀正しく頭を下げる二人を、寅之助は優しい目で見る。

「いいってことよ。お栄、お初、お前さんらもいつも頑張ってるなあ。その調子で女将を支えていってくれよ。なに貫禄がついてきたとは言っても、まだまだ雛《ひよっこ》だからよ」

「雛にしては堂々としているってことですな」

「当分は皆で世話してあげませんとね」

「まあ。言いたい放題ね」

吾平とお竹が口を挟んできて、里緒は唇を尖らせる。寅之助は笑いながら、雪月花を出ていった。

その後で里緒とお竹は手分けをして、牡丹餅と精進寿司を、せせらぎ通りの人々に配った。

「ごめんください」

小間物屋の珊瑚《さんご》屋に入っていくと、お蔦がふくよかな笑顔で迎えてくれた。

「里緒ちゃん、いらっしゃい」

「これ、うちで作りましたので、よろしければお召し上がりください」

里緒が紫紺《しこん》色の風呂敷包みを差し出すと、お蔦は目をゆっくりと瞬かせた。

「いつもありがとう。またお線香をあげにいっても、いいかしら」

「もちろんです。お待ちしています」

二人は微笑み合う。お蔦は風呂敷包みを胸に抱えた。

次に菓子屋の春乃屋を訪れてお篠を相手に話をしていると、中からまたもお桃が顔を覗かせた。今日は寺子屋も休みのようだ。

「あら、お桃ちゃん。牡丹餅とお寿司、召し上がってね」

里緒に優しい声をかけられ、お桃はにっこり微笑む。まさに桃の花の蕾がほころんだような愛らしさだ。

お桃はいそいそと、里緒に近寄ってきた。

「女将さん、ありがとうございます」

「来月の上巳《じょうし》の節句には、うちでお祝いをするの。お桃ちゃんも来てくれる?」

お桃は円《つぶ》らな目を、ますます丸くした。

「お祖母ちゃんから聞いていたけど……本当に、行ってもいいの?」

「もちろんよ。お桃ちゃんが来てくれると、嬉しいわ。うちの仲居のお栄やお初と一緒に、皆で楽しみましょう。お篠さんも来てくれるわよね」

里緒の有無を言わさぬ眼差しに、お篠は思わず頷いてしまう。

「そりゃ行かせてもらうよ。そちらがご迷惑でないんならね。女の子の祭りといったって、私だってまだ一応は女の端くれだからさ」

すると今度は、お篠の家の嫁であり、お桃の母親であるお杏《きょう》が顔を出した。杏《あんず》の花のような素朴な美しさが漂う女人で、いつも杏の実の色の着物を纏っている。

「女将さん、いらっしゃいませ。いつもお世話になっております」

「こちらこそ。そのお礼に、お桃ちゃんを上巳の節句のお祝いに、お誘いしていたところです」

「ええ。話し声が耳に入って、出てきたんです。雪月花さんはいつもお忙しいのに、うちの子がお邪魔したりしても本当によろしいんですか？」

眉を八の字に寄せるお杏に、里緒は微笑んだ。

「大歓迎です。お桃ちゃんのお越しを一同、楽しみにしています。よろしければ、お杏さんもお篠さんとご一緒に、お越しください。珊瑚屋のお蔦さんにも声をかけるつもりですし。女同士で、楽しみましょうよ」

里緒ははしゃぐも、お杏は顔の前で手を振った。

「そこまで甘えてしまっては申し訳ありません。お店もありますし、私は留守番しておりますわ。……お桃、よかったわね。お行儀よくしているのよ」

「はい。女将さんを見倣《みなら》って、女将さんみたいにお淑《しと》やかにするわ」

「まあ、お桃ちゃんったら」

お桃のませた口ぶりに、里緒は目を瞬かせる。

三人の大人の女たちに囲まれ、お桃は澄ましたものだ。

上巳の節句の約束をして、お返しに梅あられを持たされ、里緒は春乃屋を後にした。梅の形に焼き上げた、ほんのり梅味のこのあられは、里緒だけでなく雪月花の皆の大好物だ。帰ったらまず仏壇に供えて、それから皆で味わおうと、里緒は思っていた。

昨年、不幸があった質屋の西村屋《にしむら》へはお竹が代わりに行ってくれたので、里緒は同じく不幸があった筆屋の津野屋《つの》へと赴いた。

店は仕舞っていたので、裏口に回って声をかけてみると、内儀のお重《しげ》が顔を出した。

「女将さん、いらっしゃいませ」

里緒は深々と辞儀をした。

「私の留守中に牡丹餅とお寿司をお届けくださり、まことにありがとうございました。うちでも作りましたので、よろしければお受け取りいただけますか」

里緒が風呂敷包みを差し出すと、お重は微かに目を潤ませながら受け取った。丁寧な礼を交わし、里緒は冥福を祈りながら、静かに立ち去った。

その頃、隼人は町中の見廻りをしていた。春の彼岸なので、本当は雪月花に赴き、里緒の両親に線香を供えたいのだが、頼まれている探索がなかなか進まないので、行きにくいのだ。半太と亀吉に、時間があるときは交替で平戸藩の屋敷と京橋を探らせているが、目ぼしいことはまだ摑めていなかった。

暖かくなってきたとはいっても寒さはまだ残っている。このような時季、今年は特に烈風なので火事が多く、追剝ぎだの強盗だの、殺傷沙汰が町のあちこちで起こり、隼人たち同心も毎日慌ただしいのだ。

今日の朝にも東本願寺の近くの田原町《たわらまち》で強盗事件があり、隼人も立ち会った。商家の数人が殺された現場は陰惨《いんさん》としたものだった。

――なにも彼岸の時に、物騒《ぶっそう》なことを起こさなくてもいいのによ。

ぶつぶつ言いつつも、そのような事件を多発させてはならぬと、見廻りに力が入る。

梅の花が彩りを見せている浅草寺の門前は、いつも以上に人で賑わっていた。

そのあたりで、隼人は思わず足を止めた。雷門から、清香が出てきたからだ。楓川沿いの佐内町で手習い所を開いている清香に、町中で会うのは珍しい。今日は、手習い所も休みなのだろう。

清香と目が合い、隼人は笑顔で会釈をする。清香は小さく会釈を返すと、隼人に話しかけることもなく、さっさと歩いていってしまった。

その妙によそよそしい態度に、隼人は腕を組み、首を傾げた。

――清香さん、いったいどうしたというのか。てっきり、俺に少しは気があると思っていたが、もしや勘違いだったのだろうか。それとも見合いしたのが、二枚目の大番士だというから、もはや俺などお呼びではないってことか。まあ、別にどっちでもいいけどよ。

隼人は怪訝な顔で、太い眉を掻いた。

浅草寺から花川戸町を通り過ぎ、山之宿町を歩いていると、覚えのある声が背後から聞こえてきた。

「旦那、山川の旦那！」

振り返ると、紫紺色の大きな風呂敷包みを抱えて、寅之助が立っていた。

「おう、親分。目敏《めざと》いじゃねえか」

「いえ、旦那は縦横ともに大きいんで、目立つんですわ」

「悪いな、幅を取ってよ」

わざとお腹を突き出してみせる隼人に、寅之助はにやりと笑う。

「ところで今は彼岸ですな。雪月花にいってみては如何でしょう。頬が落ちそうな牡丹餅と精進寿司を鱈腹食えますぜ。わっしも土産を持たせてもらったんで、これから戻って、かみさんや若い衆に食わせてやるところなんですわ」

「その大きな風呂敷の中には、雪月花の料理が入ってるってことか。なら、俺も親分のところにお邪魔して、相伴にあずかるか」

「旦那は女将に会いにいけばいいじゃありやせんか」

「うむ。まあ、ちょっといろいろあってな」

「女将と喧嘩《けんか》でもしたんですかい」

寅之助に怪訝そうな顔をされ、隼人は苦笑した。

「そんなことはねえよ。ただ俺が、里緒さんに頼まれたことを、まだ成し遂げてねえってことだ。それで、まあ、ちと行きにくいって訳よ」

「なるほど、そうですかい。でも女将は、あんまり気にしてねえんじゃねえかと思いますがねえ。ほら、鋭いところもありますが、結構抜けてるところもありやすから」

隼人は大きく頷いた。

「確かに。隣町までずっと尾《つ》けられていることに、まったく気づかねえようなところもあるもんな。でもまあ、今日はやはり遠慮しておくぜ。里緒さんも墓参りなどで疲れているだろうからな」

「さすが旦那、お優しいことで。分かりやした、それならうちへおいでくだせえ。皆でいただきましょう」

「そうこなくてはな。それでこそ親分よ」

隼人は寅之助の広い背中を叩く。結構痛かったようで、寅之助は眉を八の字にして笑みを浮かべた。

隼人は盛田屋で内証に通され、熱いお茶とともに、牡丹餅と椎茸寿司や巻き寿司を味わった。

「新しく来た彦二郎ってのも腕がいいな。さすがは親分、いい料理人を見つけてきたもんだぜ」

「流しの料理人ですが、どこでも重宝されるみたいでね。一つのところに留まっているのが長えんですよ。まあ引く手数多《あまた》だから、幸作はいつ戻ってきてもいいんですが、なかなか戻ってきやせんね」

隼人は食べる手を止め、お茶を啜った。

「うむ。俺も少し心配してるんだ。もしや、このまま本当に辞めちまうんじゃねえかってな。幸作が住んでいるのは、このあたりだよな」

「隣の、山之宿六軒町《ろっけんちょう》のほうです。時折、若い衆にこっそり見にいってもらってるんですがね、引っ越しなどはしてやせんよ。雪月花で真面目に働いて、金を少しは貯めていたみてえで、睦月はおっ母さんの世話をしながら自分も休んでいたようです。でも如月になってからは、三日に一度ぐらい、勤めに出てやすよ」

「どこで働いているんだ」

「両国《りょうごく》の料理屋です。うちではねえ、どこかの口入屋で仕事を紹介してもらったんでしょう」

「そうか……」

隼人は椎茸の握り寿司を頬張り、嚙み締める。

「俺も気懸かりだからよ、若い衆に、暫く幸作を見張っていてもらいてえ。お願いできるかい、親分」

「もちろん、そのつもりです。幸作のことだから、おかしな真似はしないと思いますが、どうも気鬱《きうつ》に罹《かか》っているようなところがありやしたから」

「うむ。目を離さないほうがいいだろう。頼んだぜ」

「かしこまりやした」

二人は頷き合うも、隼人はすぐさま感心したような声を上げた。

「しかし親分のとこの若い奴らは、本当によく働くな。時には吉原の妓楼を借り切って遊ばせてやる意味が分かるぜ」

寅之助は煙管《キセル》を吹かし、苦い笑みを浮かべた。

「まあ、あいつらは、それが愉しみで働いているのかもしれやせんけどね。いずれにせよ、よくやってくれてますよ。……そういや、吉原で思い出しましたが、最近、あそこで珍しいものが流行《はや》ってるんですよ」

「何だ、珍しいものってのは」

「毛皮ですよ。特に花魁《おいらん》たちの間でね」

「毛皮？　というと、アイヌたちが作る熊や海獺《ラッコ》のそれか。なにやらゴワゴワしていると聞いたが、温けえのかな」

毛皮はアイヌの主な生産品の一つであり、松前《まつまえ》藩経由で江戸へ入ってきたものと思われた。アイヌがいる蝦夷地《えぞ》を支配しているのは、松前藩だからだ。しかし、寅之助は首を捻った。

「いや、それが海獺や熊のものには見えなかったんですよ。海獺も毛並みはよいですが、もっと派手派手しいといいますか、作りがよいといいますかね。見るからに豪勢で、とても蝦夷地で作られたものには見えなかったんです。新年の宴を妓楼でやった時なんざ、花魁たちがあの衣裳の上に白や銀色のふわふわの毛皮を羽織って、まあ、はしゃいでいましたよ。客に買ってもらったと、自慢げにね」

隼人は顎を撫でた。

「ってことは、異国から届いた毛皮かもしれねえな」

二人の目が合う。寅之助は煙管をゆっくりと吹かした。

「まあ、そういう訳で、旦那のお耳に入れておいたほうがいいんじゃねえかと思いやしてね。どこかの異国から毛皮を抜け荷して、好事家《こうずか》向けに高く売りつけている者がいるんじゃねえかと」

「なるほどな。いかにも怪しいぜ」

隼人は眉根を寄せる。寅之助は付け加えた。

「毛皮のほかに、妙な目薬も流行っているみてえですよ」

「どんなものだ」

「どうも、それを目にさすと、目が大きく見えるそうで。といっても、続く訳ではなく、すぐに元に戻るみたいですが。若い衆の相手をした遊女たちが使っていたようです。……で、それをさすと、目がぎらぎらして、乱れ始めるそうで」

「阿片《あへん》まではいかねえが、媚薬《びやく》のようなものってことか」

「さすが旦那、お察しのよい」

二人は目と目を見交わす。

胡乱《うろん》なものが、静かに密かに、市井に流れ出ているようだった。


その頃お栄は、隅田川沿いの道を歩いていた。里緒の使いで、幸作に牡丹餅と精進寿司を届けるためだ。幸作の様子を窺ってきてほしいという里緒の気持ちを、お栄は察していた。

お天気がよい麗《うら》らかな日、川べりの桜の蕾も膨らみ始めている。お栄はそれを眺めつつ、速やかに歩を進めた。

隣の山之宿六軒町の銀杏《いちょう》長屋と呼ばれる裏長屋に、幸作は母親と一緒に住んでいた。井戸の近くに銀杏の木が立っているので、その名がついたようだ。お栄は人に訊ねながら、銀杏長屋を割りとすぐに見つけた。木戸を入り、井戸から水を汲《く》んでいたおかみさんに、声をかけてみる。

「あの、幸作さんのお家はどちらでしょう」

するとおかみさんは指を差して、気さくに教えてくれた。

「あの、奥から二番目のところだよ」

「ありがとうございます。お忙しいところお訊ねしてしまって、すみませんでした」

お栄は礼をして行き過ぎようとするも、おかみさんが含み笑いで訊き返してきた。

「あんた、幸作さんといい仲なのかい？　幸作さんも隅に置けないねえ」

お栄は目を丸くして、慌てて手を振った。

「そういう仲ではありません！　幸作さんとは仕事場が同じなんです」

「ああ、じゃあ、もしや雪月花の仲居さん？」

「はい、そうです」

お栄が笑顔で頷くと、おかみさんは声を少し潜めた。

「でもさ、幸作さんって昨年で雪月花は辞めたんじゃないの？」

「いえ、お辞めになった訳ではありません。お休みになっているところです。それで牡丹餅とお寿司を持って、様子を窺いに参りました」

おかみさんは息をついた。

「なるほど、お見舞いってことか。いえね、幸作さんも、もう三十じゃない。そろそろお嫁さんをもらってもいいんじゃないかって、お節介《せっかい》ながらも皆で話していたんだ。お嫁さんがいたら、おっ母さんの面倒も見てもらえるもんね。……ねえ、あんた、どう？　その件、ちょっと考えてみない？　元気よさそうだし、なんだかお天道様《てんとうさま》みたいな娘さんだから、幸作さんにはぴったりだと思うんだよね。ほら、幸作さんがちょっと内に抱え込むところがあるからさ」

お栄はますます目を丸くし、手で口を押さえる。思わず、風呂敷包みを落としそうになってしまった。

「そ、そんな。幸作さんにだって、ご都合があるでしょうから」

「いいよ、男の都合なんて。どうにかなるさ、そんなもん。それより、あんたの気持ちはどうなのさ。そのおおらかさで、幸作さんを励ましてあげてほしいんだよ」

「え、あ、はい。励ますことなら、もちろん、できます。ゆっくりお休みになったら、雪月花にまた戻ってきてほしいので」

お栄はふくよかな頬に笑みを浮かべる。

おかみさんはお栄を眺め、息をついた。

「まあ、嫁さん云々《うんぬん》じゃなく、仲間ってことでもいいか。とにかく、あんたみたいな人が仲よくしてくれれば、幸作さんの気も晴れると思うんだ。ね、時々は会いにきてあげてよ」

「はい。幸作さんのことは、私たちも気になっていますので」

お栄はおかみさんに頷いた。


お栄が突然訪ねてきたので幸作は驚いたようだったが、中へ通してくれた。狭い部屋の隅で、幸作の母親のサチが寝ている。お栄はそっと声をかけた。

「すみません。お邪魔いたします」

お栄の顔を見ると、サチは半身を起こそうとしたので、幸作が止めた。

「おっ母さんは寝ていてくれよ」

「お気遣いなく。すぐにお暇しますので。お加減が優れない時にお伺いしてしまって、本当にごめんなさい」

お栄は恐縮し、何度も頭を下げる。サチはお栄を眺め、目を細めた。

「そんな。こんな狭いところでよければ、ゆっくりしてってね。なにやら嬉しいわ。女の人がこの子を訪ねてくるなんて、珍しいから」

「おっ母さん。お栄ちゃんは、仕事仲間だよ」

照れ臭いのだろう、幸作は仏頂面《ぶっちょうづら》になっている。

サチはいっそうしげしげと、お栄を見た。

「まあ、では雪月花の？　幸作がいつもお世話になっております。なおさら、ちゃんとご挨拶したいけれど……ごめんなさいね。もどかしいの、躰が思うように動かなくて」

無理に半身を起こそうとするサチを、お栄は優しく押さえた。

「お願いです。横になっていてください。幸作さんのおっ母さんにお目にかかれただけで、私はとても嬉しいので」

お栄が微笑むと、サチは小さく頷き、おとなしく身を横たえた。お栄は布団をかけ直し、サチの痩せた肩を優しくさすった。サチは微かに潤んだ目で、お栄を見つめる。

「……雪月花の皆さんに、ご迷惑かけてしまったわね。女将さんたち、怒っていない？」

お栄は首を大きく横に振った。

「そんなこと、まったくありません。ご心配なく。皆、幸作さんが戻られること、楽しみに待っています」

「本当？　よかったわ」

サチの目から涙がこぼれる。

お栄は袂から手ぬぐいを取り出し、そっと拭った。

幸作は黙って二人を見ていたが、井戸に水を汲みにいくふりをして、静かに外へ出た。お栄はサチに風呂敷包みを見せた。

「雪月花の皆で作った牡丹餅とお寿司を持って参りましたので、幸作さんと召し上がってください」

作ったのは彦二郎だが、サチと幸作を刺激せぬよう、お栄は優しい嘘をついた。

「お栄さん、本当にありがとう。お栄さんみたいな人が幸作の仲間でいてくれて、心強いわ。あの子ね、料理はできるけれど、それ以外は小さい頃から不器用なの。……だから、たまにでいいから、あの子の話し相手になってあげてね。お栄さん、お願い」

サチが手をゆっくりと伸ばし、お栄の指に触れる。

お栄は両の手で、サチの手を包んだ。

「柔らかくて……温かいわ」

「ほら、私、手の肉付きもいいんで、それでですよ」

お栄がおどけると、サチは微かな笑みを浮かべ、手に力を籠めて握り返した。

息子の居場所がまだあることを知って安心したのだろう、サチはお栄の手を握りながら、微睡み始めた。

幸作が桶を持って戻ってくる。サチに何か声をかけようとしたので、お栄が唇に指を当てて、止《とど》めた。

お栄は暫くサチの手を握り返していたが、サチが寝息を立て始めると、そっとほどいた。そして微かな声で、幸作に告げた。

「そろそろお暇します。幸作さん、思ったよりお元気そうで、安心しました。皆にも伝えますね」

お栄は腰を上げ、サチを起こさぬように忍び足で外へ出た。すると幸作も出てきて、お栄に告げた。

「途中まで送るよ」

「大丈夫ですよ。おっ母さんの傍にいてあげてください」

「送るといっても、そのあたりまでだから」

幸作は、さっさと行ってしまう。お栄も続いた。

隅田川沿いを歩きながら、お栄は幸作に訊ねた。

「三日に一度、両国のほうの料理屋さんに働きにいっているって、本当なんですか」

幸作は足を止め、振り返った。日差しに煌《きら》めく隅田川の流れが、聞こえてくる。

「本当だよ」

幸作は隅田川を眺めながら、短く返した。お栄も、波打つ川に目をやった。

「でも、雪月花に戻ってきてくださいね」

幸作は何も答えない。日暮れ前、日差しは少しずつ弱まっている。

お栄は川から幸作に目を移した。

「皆、待っているんですから」

隅田川から目を離さず、幸作は言った。

「待ってるのは構わないけれど、もう、家にまでは来ないでくれるかな」

風が吹き、蕾をつけ始めた桜の木の梢《こずえ》を揺らす。それを眺めながら、お栄ははっきりと答えた。

「嫌です」

幸作はお栄を見やった。

「え？」

「来ないでと言われても、また来ます。だって、幸作さんは仲間ですもの。仲間のことが心配で、様子を見にきたって、いいではありませんか」

幸作は言葉を失い、仏頂面になる。

お栄は続けた。

「私だって仕事がありますので、もちろん、そんなにしょっちゅうは来られません。でも、たまには参ります。いいじゃないですか、私だって時には息抜きしたいこともあるんですから」

幸作は溜息をついた。お栄はじめ雪月花の面々は、何を言っても聞かないと分かったのだろう。

「息抜きか。……そういう訳だったら、たまには来てもいいよ。おっ母さんも喜ぶかもしれないからな」

「ありがとうございます。長居はしませんので」

お栄は顔をぱっと明るくして、素直に礼をする。幸作は付け加えた。

「でも、頻繁に来るのは勘弁してくれよな。うちの長屋、おかみさんたちが煩《うるさ》いからさ」

「分かっています。ご迷惑おかけしない程度に、ちょこちょことお伺いします」

お栄は舌を少し出して、微笑んだ。

幸作とはそこで別れ、お栄は独りで雪月花へと戻った。幸作が思い詰めてしまった原因が里緒であることに、お栄も気づいている。でも、お栄はそれについて、誰の前でも決して口にしないつもりだった。

第四章　客人の正体

一

弥生《やよい》に入ると、めっきり暖かくなってくる。桜と桃の花々が満開となり、江戸の町も薄紅に色づく。

三日の上巳《じょうし》の節句には、雪月花では入口から玄関、廊下、各部屋と至るところに桃の切り枝を飾った。一階の広い廊下には、弥生の始め頃に雛《ひな》人形も飾ってある。お客が玄関を入った時に、すぐに見えるようにだ。

雪月花の桃の装いに惹かれた女人たちがこぞって訪れ、弥生は端《はな》から大盛況を見せた。月替わりのお風呂は、今月は桃湯。桃の葉を煮出したものには、美肌や美白に効き目がある。それを溶かしたお湯は、女人たちに好評で、何度も入りたがる者もいた。

その様子を眺めながら、お竹が里緒に囁《ささや》いた。

「なにやら最近、お客様に、若い女の方が増えて参りましたね」

「本当に。ありがたいことね。女の方たちにもっと楽しんでもらうようなこと、何かできないかしら」

するとお初とお栄も口を出してきた。

「さっき若いお客様が仰ってました。雪月花って可愛い旅籠ね、って。なにやら最近、娘心をくすぐっているようです」

「それでお初ちゃんと言っていたんですが、女のお客様方に限って、お初ちゃんと私で按摩《あんま》させてもらうのはどうだろう、って」

里緒とお竹は顔を見合わせた。

「よい案だとは思うけれど、あなたたち、今まで以上に忙しくなってしまうじゃない」

「それは大丈夫です。按摩をさっと楽しみたいお客様は四半刻《しはんとき》(およそ三十分)、ゆっくり楽しみたいお客様は半刻《はんとき》(およそ一時間)と、時間を選んでもらうんです。もちろん、按摩代は宿代とは別にいただくということで」

里緒は少し考え、手を打った。

「ならば、揉みほぐしが上手な人を雇ってみましょうか。ご近所の長屋に住んでいる人で、誰かいないか、見つけてみるわ」

「私も探しておきますよ。なるべく女の人がいいですよね」

お竹が相槌を打つと、お初は笑みを浮かべた。

「それで按摩の後は、以前、女将さんが作ってくださった木苺煮のような、水菓子をとろりと煮たものをお出しするのは如何でしょう」

「あら、それいいじゃない。私もそのおもてなし、受けてみたいわよ」

お竹がうっとりと目を細める。

「按摩に、水菓子煮に、月替わりのお湯。それらが揃えば、確かに女のお客様は喜んでくださるでしょうね」

顎に指を当て、里緒も頷く。お栄とお初は飛び跳ねた。

「女将さん、やりましょうよ！　考えておいてください」

「その三つを合わせたものは、お泊まりのお客様だけでなく、ご休憩のお客様にも楽しんでいただいては如何でしょう」

「そういえば近頃、ご休憩のお客様でもいらっしゃるわ、お風呂に入らせてほしいと仰る方」

女四人、女人向けおもてなし案で大いに盛り上がるのだった。

上巳の節句のお祝いは、六つ半（午後七時）から雪月花の広間で開かれ、お桃、お篠、お蔦、八百屋〈真菜屋《まなや》〉の女房のお苗《なえ》が訪れた。せせらぎ通りのほかの女たちにも声をかけたのだが、それぞれ仕事や家事が忙しく都合がつかないようだった。

お桃は、桃割れに結った髪に珊瑚玉の簪を挿し、桃花色の振袖に白菫《しらすみれ》色の帯を結んで、澄まし顔だ。里緒をはじめ皆、目を細めてお桃を眺めた。

「素敵ねえ、お桃ちゃん。女雛《めびな》みたいだわ」

「女将さん、ありがとうございます。お招きいただき、とても嬉しいです」

長い袖を揺らして辞儀をするお桃を、お蔦も優しい眼差しで見る。

「私もお桃ちゃんみたいな孫が早くほしいわあ。息子は選り好みばかりしていて、なかなかお嫁さんをもらわないのよね」

「津太郎《つたろう》ちゃん、なまじ男前だから、焦ってないんだろうね。おっと、もはや、ちゃん、って歳ではないか」

お篠が舌を出す。お苗が口を挟んだ。

「うちの人、知り合いから頼まれているのよ。娘によい縁談はないか、って。深川の材木問屋の娘さんなんだけれど、なかなかの美人よ。ねえ、お蔦さん、津太郎さんの相手に考えてみない？」

「あら、それいいお話じゃない。ちょっと詳しく聞かせてよ」

お蔦が身を乗り出したところへ、お栄が飲み物を運んできた。

「お待たせしました。お桃ちゃんには甘酒、ほかの皆様には桃花酒《とうかしゅ》でございます」

桃花酒とは桃の花を盃に浮かべたものだ。お桃の甘酒にも、桃の花びらが添えられていた。

一口飲み、皆、顔をほころばせた。広間にも小さな雛人形と桃の切り枝が飾ってあって、お桃はそれを眺めてはにこにこしている。お桃は里緒とお篠に挟まれて座っていた。

「この甘酒、とっても美味しいわ。女将さんが作ったの？」

「そうよ。お桃ちゃんのために。喜んでもらえて嬉しいわ」

里緒が微笑みかけると、お桃の目尻がいっそう下がる。お桃は両の手で湯吞みを持ち、行儀よく味わった。

次にお初が、小皿を盆に載せて運んできた。

「お料理が調うまで、こちらをお召し上がりになってお待ちください」

出された小皿を眺め、お桃が満面に笑みを浮かべた。

「雛あられね。可愛い」

雪月花では、この時季には毎年、四色の雛あられをお客にも振る舞っている。角餅を細かく切って揚げ焼きし、紅花やヨモギ、クチナシなどに砂糖を少量混ぜたもので色付けして作る。

「食べるのがもったいないわね」

そう言いながらも、集まった女人たちは雛あられを口に入れ、ふわふわの食感と優しい味わいに笑みが止まらない。お桃が上目遣《うわめづか》いで里緒に訊ねた。

「雛あられの色には、確か、それぞれ意味があるのよね」

「そうね。桃色には魔除け、白色には清らかでありますよう、緑色には健やかでありますよう。そのような願いが籠められているわ」

「黄色には？」

里緒、お篠、お蔦、お苗は顔を見合わせた。

「そういえば、なんだろうね。雛あられって三色のことが多いから、黄色の意味はあまり聞かないね」

「四色の場合は、四季を表しているのよね。桃色は春、緑色は夏、黄色は秋、白色は冬、だったかしら」

「黄色は紅葉《もみじ》の色を思い起こさせるから、秋の意味なのよね。でも、ほかに特別な意味はなかったような」

お篠たちは首を傾げる。里緒は胸の前で手を合わせた。

「黄色にはきっと、実りがありますようにと、豊穣《ほうじょう》の願いが籠められているのよ。稲の穂も、麦の穂も、黄色いもの」

お篠も膝を打った。

「なるほど。そうだね。小判の色も黄色いしね」

広間に笑いが溢れる。里緒はお桃の頭を優しく撫でた。

「お桃ちゃんの一年が実りある豊かなものでありますように」

お桃は嬉しそうに目を瞬かせた。

「女将さん、ありがとう。一年経ったら、またお祝いしたいわ」

するとお篠が苦々しい顔をした。

「なにを厚かましいこと言ってるんだい、この子は。鬼に笑われるよ」

「あら、いいではありませんか。私たちもそのつもりですもの。ね、お桃ちゃん。毎年、お祝いしましょうね」

「はい、女将さん。嬉しい」

お桃は里緒に抱きついた。お桃の無邪気さが愛らしくて、皆、微笑ましく見守る。

「まったく、この子は。女将さんにまで甘えて」

嘆きつつも、お篠も笑みを浮かべている。お桃は里緒から離れると、後ろに置いていた風呂敷包みを渡した。

「今日のお礼よ。女将さん、受け取ってくれますか」

里緒は目を見開いた。

「まあ。私に？」

お桃は大きく頷く。里緒が風呂敷包みを開くと、丁寧に畳まれた前掛けが現れた。それを手に取り、里緒は声を上げた。

「兎の前掛け！　なんて可愛らしいの」

水色の前掛けに、白い兎と、桃色の花々が刺繍《ししゅう》されている。しげしげと眺めながら、お蔦が訊ねた。

「お桃ちゃん、どこで買ったの？　私もほしいわ」

「それはお桃が作ったんだよ。刺繡もお桃がしたんだ」

お篠が答えると、里緒はさらに目を丸くし、お蔦とお苗も驚いた。

「凄いわね。お桃ちゃん、器用なのね」

里緒に褒められ、お桃は頰をほんのり紅潮させた。

「そんなに上手ではないけれど、女将さんに使ってもらえたら嬉しいです」

「あら、とっても上手よ。私もそうだけれど、お蔦さんだって、お店で売っているものと勘違いしたぐらいですもの」

「本当に。お桃ちゃんが作ったって聞いて、びっくりしたわよ。私、こんなに綺麗に作れないもの」

「やっぱり心太《しんた》さんの血を受け継いでいるのねえ。手先が器用なんだわ」

里緒はじめ、お蔦とお苗も感心しきりだ。ちなみに心太とは、お篠の息子であり、お桃の父親である。春乃屋の跡取りの心太は、浅草でも指折りの菓子職人として知られていた。

里緒はお桃に微笑んだ。

「お桃ちゃん、本当にありがとう。大切に使わせてもらうわね。そうだ、早速つけてみようかしら」

言うなり、里緒は膝立ちして、前掛けを締めた。今日着ている白花色の小袖に、水色の兎の前掛けはよく似合い、歓声が起きる。

「あら、里緒ちゃん、ぴったり」

「女将さんは兎に似ているし、今年は卯年だし、いい感じだわ」

「お桃、なかなか上手にできているよ。里緒ちゃんに似合うもの、よく作れたじゃないか」

お桃は姿勢を正し、ちょっぴり得意げだ。里緒も嬉しくて、立ち上がって皆に見せびらかす。兎のように飛び跳ねていると、お栄とお初が膳を運んできて目を丸くした。

「あ、その前掛け、素敵！」

お初が目敏く気づき、声を上げる。するとお栄もようやく気づいた。

「本当に。女将さん、よく似合っていらっしゃいます。どちらで見つけられたんですか」

「お桃ちゃんが作ってくださったのよ。この世で一枚しかない、私だけの前掛けなの」

お栄とお初は目と目を見交わし、声を揃えた。

「お桃ちゃんが！」

近づいてきてじっくり見ようとする二人を、里緒は軽く睨んだ。

「先に皆様に膳をお出しして」

「あ、はい。申し訳ありません」

お栄とお初は肩を竦め、膳を並べる。そこへ仕事がようやく一段落したお竹が、自分の膳を持って入ってきた。

「私もお邪魔させていただきます。お栄とお初も、自分たちの分を持っていらっしゃいな。皆でお祝いいたしましょう。……女将、何を立ち上がっていらっしゃるんですか。あら、まあ、可愛い」

お竹は膳を置き、里緒の前掛けに触れる。里緒がお桃からもらったものだと言うと、お竹も目を丸くした。それほど上手に作られていたのだ。

お栄とお初も自分たちの膳を持ってきて、皆で料理を味わうこととなった。

本日の品書きは、散らし寿司、蛤《はまぐり》の吸い物、花を象《かたど》った大根と人参の出汁煮、若竹《わかたけ》煮、うずらの卵の天麩羅などに、桜餅までついている。美しい彩りの祝いの膳に、お桃は昂《たかぶ》った。

「どれも美味しそうで困っちゃう」

お桃の言葉に、皆、笑う。

「困らなくてもいいのよ、お桃ちゃん。ゆっくり召し上がって」

お桃は頷き、箸を持ったところで、あるものに目を留めた。

「この黄色くて細長いのは何？　まさか、お素麺《そうめん》？」

お桃が指差した皿に目をやり、里緒も小首を傾げた。

「私も気になってはいたの。錦糸卵《きんしたまご》の塊のように見えるけれど」

するとお栄が答えた。

「彦二郎さん曰く、玉子素麺、とのことです」

「玉子素麺っていうと、卵を混ぜ込んで打った素麺ってことかい？　でも、素麺とはちょっと違うようだけれど」

お篠も不思議そうに皿を眺める。お初が口を出した。

「形は素麺のようですが、卵と砂糖だけで作っているみたいです。その形に調えるのに、腕がいるのだと思います」

「そうよね。細かく作られているもの」

「卵と砂糖で作られているのなら、お菓子のようでもあるわよね」

錦糸卵の束の如き玉子素麺は、艶やかな黄金色で、お蔦とお苗の目も惹きつける。

お桃が皿を持ち、玉子素麺に箸をつけた。一口食べて、顔をほころばせる。

「ほんのり甘くて、美味しい」

初めて食べる玉子素麺の味わいは、なんとも優しくて、お桃の心をふんわりと包み込む。お桃が笑顔で食べるので、皆も続いた。

「いただきます」

里緒も玉子素麺を口にして、目尻を下げる。

料理はいずれも好評だった。桜の花びらを浮かべた桜茶を飲みながら、桜餅を味わい、皆、少しも残さず食べ終えた。

膳が下げられると、皆で、綾取りやおはじき、双六《すごろく》などをして遊んだ。お桃は折り紙も好きなようで、里緒と一緒に雛人形や兎や鶴を折って、楽しんだ。

同じ通りのご近所なので、木戸が閉まる時刻を気にすることもない。里緒の厚意で、お桃は桃湯にも入ることができた。

「これで一年、元気いっぱいで過ごせるわね。桃には魔除けの効き目があって、実も花も葉っぱも種も滋養たっぷりですもの。お桃ちゃん、敵無しね」

「はい。お稽古事もお家のお手伝いも、頑張るわ」

里緒とお桃は笑顔で頷き合った。

帰り際、里緒は皆に、柄に桃の切り枝を飾った提灯を持たせた。

「悪いわね、里緒ちゃん。すぐそこだから、大丈夫だけれど」

恐縮するお蔦に、里緒は首を横に振った。

「月が出ていない夜、灯りなしでお帰りいただく訳にはいきませんもの。こんな刻までお引き留めして、申し訳ありませんでした。皆さん、お気をつけてお帰りくださいね」

「なんだか楽し過ぎて、時を忘れちゃったよ。こちらこそごめんね、里緒ちゃん」

「お湯にまで入れてくれて、ありがとうございました」

お桃が丁寧に頭を下げる。里緒は身を少し屈めて、問いかけた。

「大丈夫？　眠いんじゃない？」

「いいえ。とても楽しかったから、目が冴えていて。でも……お家に帰ったら、すぐに寝ちゃいそうだけれど」

静かな春の宵、雪月花の玄関に、穏やかな笑い声が響く。お栄とお初もお桃に声をかけた。

「今度、私たちにも刺繍を教えてね」

「はい。私は、お姉ちゃんたちに綾取りと折り紙を教えてほしいな」

「いいわよ。教え合いっこしましょう」

三人は約束を交わした。

皆は桃の花が飾られた提灯を提げ、帰っていった。お桃はお篠に小さな手を握られながら、何度も振り返り、里緒たちにもう片方の手を振る。里緒たちも笑顔で手を振り返した。

里緒は兎の前掛けをつけたまま、皆がそれぞれの家に戻っていくまで、しっかりと見届けた。

二

桜の花が満開になると、力士たちが訪れた。親方を含めて九人だ。その迫力と華やぎに圧倒されつつ、里緒たちは笑顔で迎えた。

「木曾川《きそがわ》様、皆子山《みなこやま》様、いらっしゃいませ。お待ちしておりました」

三つ指をついて丁寧に礼をする里緒を、力士たちは照れ臭そうに眺める。木曾川と皆子山は、ともに丈は六尺（約一八二センチ）、目方は四十貫（約一五〇キロ）近くある堂々たる体軀《たいく》の強面《こわもて》だが、心優しい関取だ。二人は一年前のこの時季にも雪月花に泊まりにきて、その時には仲居たちも含めて話が弾んだものだ。お栄とお初はすっかり二人の贔屓になってしまい、里緒の許しを得ると、相撲部屋を覗きにいっては声援を送っている。

二人がいるのは両国の勝笠《かつかさ》部屋で、そこの力士たちを引き連れて泊まりにきてくれたのだ。

「女将さん、今年もまた世話になるぜ」

「デカくてむさ苦しい男ばかりで、申し訳ねえ」

木曾川と皆子山が頭を掻く。里緒は顔の前で手を振った。

「錚々《そうそう》たる皆様をお連れくださって、光栄です。心を籠めておもてなしさせていただきます。どうぞお寛ぎくださいませ」

「はい。よろしくお願いします！」

力士たちが笑顔で声を揃える。親方の龍伝《りゅうでん》は風格のある齢五十ぐらいの男だ。

龍伝が現役の頃に優れた力士であったことは、里緒も知っていた。

お栄とお初が盥を運んできて、お竹とともに力士たちの大きな足をせっせと濯いだ。桃の花びらと葉が浮かんだ桃湯に、力士たちが感激する。お栄に足を清めてもらいながら、皆子山が目を細めた。

「そういや昨年、桃の花と桜の花の見分け方を教えてもらったよな。相変わらずよく見分けがつかねえけれど」

「俺たちみてえな無粋《ぶすい》な男どもは、そんなもんよ」

「いいじゃねえか、桃も桜もどちらも綺麗で、めでたいこった」

力士たちの豪快な笑い声が響き、雪月花はいっそう明るい雰囲気に包まれる。その間に吾平が皆の荷物を二階へ運び、上がり框を踏んだ力士たちを、お竹が部屋へと案内した。里緒もお茶をお盆に載せて、その後に続いた。

「大勢でお越しくださって、ありがとうございます」

里緒は龍伝親方にお茶を出し、改めて礼をした。楚々とした里緒に、親方の顔もほころぶ。力士たちは二人で一部屋だが、親方は特別に一人で一部屋だ。開けた障子窓からは、浅草寺の満開の桜が眺められる。床の間には、桃の切り枝が飾ってあった。

親方は花々を眺め、里緒を見つめて、微笑んだ。

「これは、目の滋養になるねえ。木曾川と皆子山の薦めどおり、こちらに伺ってよかったよ」

「まあ、お褒めのお言葉をありがとうございます」

里緒も目尻を下げ、笑みを浮かべる。親方は満足げな面持ちで、湯呑みを手に取り、揺らした。塩と梅酢で漬けた桜の花びらにお湯を注いだ、桜茶だ。

浅草寺の薄紅色に包まれた景色に目をやりつつ、親方は桜茶を啜る。

「実によい眺めだ。この部屋にいれば桜も桃も楽しめるのだから、わざわざ花見に行く必要もないな」

「そう仰るお客様も多いですね。うちのお部屋でお花見を楽しんで帰られるお客様も、年々増えております」

「そうだろう。人混みの中に出かけていくより、ここで静かに眺めていたほうがよい。この旅籠はよい場所に建てたものだ」

「はい。祖父母に感謝しております」

里緒は微笑む。

親方はお茶請けの塩あられを摘まみ、ゆっくりと嚙み締めた。

「うむ。長く続いてほしい旅籠だ。また来よう」

「ありがとうございます」

里緒は再び丁寧に辞儀をする。

そこで親方は湯呑みを揺らしつつ、切り出した。

「それで、夕餉についてなのだが、今から頼んでも間に合うだろうか」

「はい。どのようなお料理をお希《のぞ》みでしょう」

親方は声を少々潜めて答えた。

「うむ。じつは、獣肉《ももんじ》なのだ。力士たちに、とにかく、それを食わせてやりたいんだ。ももんじを使った料理ならば、なんでもよい。用意できるだろうか」

里緒は姿勢を正し、笑顔で答えた。

「はい、ももんじでございますね。かしこまりました。必ずご用意させていただきます」

「それはありがたい。よろしくお願いする。弟子たちを見ていて思ったのだが、それを鱈腹食った後に稽古を積むと、躰が大きくなり、かつ引き締まってくるんだ。ももんじを食うことを、薬食《くすりぐ》いとはよく言ったものだよ」

「まあ、目に見えて躰つきが変わるのですね」

「そうなんだ。それで弟子のために、是非とも、その料理をお願いしたい。もちろん、わしが食いたいというのもあるのだが」

親方と里緒は微笑み合った。

古来、肉食は天皇により原則禁じられてきていた。鶏、猿、牛、馬、犬などを食べることを禁じたのは、仏教の影響だと言われるが、江戸では、五代将軍綱吉の「生類憐みの令」により、獣に対する保護が一時、極まった。

「生類憐みの令」撤廃後も、大手を振って肉食が許されたわけではなかったが、しかし、市井《しせい》の民の間では、いわゆる猪、鹿などの食肉を「ももんじ」と呼び、薬食いと称して食べることがあった。

また、ももんじを専門に食べさせたり、肉を売ったりと商売している「ももんじ屋」なる店まで現れており、百姓の間で流行っていた「鋤焼《すきやき》」も、この頃には町中で食べさせる店ができていた。

力士たちは出かけることもなく、親方と同じく、部屋での花見を楽しんだ。昼間から酒を頼まれ、お竹が買いに走った。力士たちは互いに部屋を行き来して宴会を始め、賑やかな声が下にまで響いた。

帳場の中で、吾平は天井を見上げ、首を傾げた。

「大丈夫ですかね。床が抜けなければいいですが」

「なにやら時折、みしみしと軋《きし》む音がしますよね」

お竹も怪訝《けげん》な顔をする。里緒は眉を八の字にして笑った。

「大丈夫よ。ここを建てる時に、お祖父さんが大工さんたちに煩く頼んだらしいの。だから造りはなかなかしっかりしているって、お父さんがよく言っていたもの」

「それは私たちも知っていますけれどね。力士が纏まってお見えになったのは、なにぶん初めてなので」

「騒ぐ分には大丈夫でしょうが、暴れられては何が起きるか分かりませんよ」

「親方さんがしっかりなさっているから、暴れたりはしないわよ」

「いや、晩飯を召し上がったら力が漲《みなぎ》って、ひと暴れなさるかもしれませんぜ」

「もう、吾平ったら、嫌なことを言わないでよ」

里緒が軽く睨んだところで、お栄とお初がお使いから戻ってきた。帳場の入口にかけた長暖簾を搔き分け、里緒が出ていく。

「お帰りなさい。例のもの、あった？」

「はい、しっかり手に入れて参りました」

二人は笑顔で声を揃える。ももんじ屋に、お使いにいってもらったのだ。里緒は胸を撫で下ろした。幸いなことに彦二郎は、ももんじを使った料理の経験も多いとのことで、任せられそうだ。

「ああ、よかった。あとは彦二郎さんに料理してもらえば、万事、大丈夫ね」

「はい。彦二郎さんに渡して参ります」

お栄とお初は風呂敷包みを抱えて上がり框を踏み、なにやら心配そうな顔をした。

「どうしたの？」

「いえ……ちょっと買い過ぎてしまったかもしれないと思って」

お栄とお初が、大きく膨らんだ風呂敷包みを、里緒に差し出す。里緒は首を横に振った。

「いいわよ。あの皆様なら、それぐらい、ぺろりと召し上がってしまうわ。足りないぐらいよ」

三人は顔を見合わせ、思わず吹き出す。お栄とお初は風呂敷包みを抱え、板場へと向かった。

親方と力士たちは桃湯を堪能《たんのう》し、よい香りに包まれたところで、夕餉となった。障子窓からは浅草寺の夜桜、もしくは隅田川沿いの夜桜が眺められる。

雪月花が用意したのは、桜鍋だった。薄切りにした桜色の馬肉を、擂《す》り下ろした大蒜《にんにく》と炒めてから、酒や味噌、醤油で煮込んで作る。馬肉のほかにも、葱、白滝、焼き豆腐がたっぷり入った鍋に、力士たちは喜んだ。

大いに食べ、飲み、騒ぎまくってほかのお客に迷惑をかけ、酔っ払って窓から落ちそうになるなどの騒動があったが、消灯の刻には皆、高らかな鼾《いびき》をかいていた。

今日の火の番は、里緒とお竹だ。二人は帳場で息をついた。

「ようやく落ち着いたわね」

「なんだか疲れましたね。皆様、元気がよすぎるんですよ」

里緒は頷き、微笑んだ。

「私たちも元気を出すため、お夜食は桜鍋にしましょう。……と言いたいところだけれど、女の私たちには、やはり桜餅がいいわね。春乃屋さんで買ってきたの、二つ残しておいたわ」

「あら、いいですねえ」

二人は顔を見合わせ、ふふ、と笑う。交替で務めるので、先にお竹に一眠りしてもらうことにして、里緒が帳場に残った。消灯と言えども、帳場の行灯は灯っている。その灯りの中で、里緒は静かに大福帳や宿帳に目を通した。


翌日にも、親方は里緒にももんじの料理を頼んだ。

「桜鍋が実に旨くて、堪能させてもらった。皆が喜んでくれると、私も嬉しいものだ。そこで今宵も是非、お願いしたい」

「かしこまりました。うちの料理人が腕を振るいますので、お楽しみになさっていてください」

里緒は笑顔で答えつつも、考えを巡らせていた。

——同じ桜鍋では芸がないし、また桜肉を使うというのも、ちょっと。ではいったい、何のももんじの、どんなお料理がよいかしら。

里緒は階段を下りると板場へ行き、彦二郎に相談してみた。彦二郎は腕を組み、天井を眺めた。

「あの力士さんたちでしたら、やはり食べ応えがあるものがよろしいですよね」

「それはそうね。昨日の桜鍋でも、少し物足りないみたいだったもの」

「どうしてでしょうね。桜肉をあれほど使ったのに、それでも足りなかったんでしょうか」

里緒は顎に指を当て、首を傾げた。

「いえ、ももんじは充分だったと思うの。〆の饂飩の量が足りなかったのではないかしら。量というより、饂飩だったから、つるつると食べられてしまって、もしやお腹に溜まらなかったのかも」

「では、今宵はご飯ものがよろしいですね」

里緒は胸の前で手を合わせた。

「そうね。ご飯によく合う、ももんじのお料理をお願いします」

「かしこまりました。では、今からちょっと、ももんじ屋に出向いてもいいでしょうか。ももんじ屋の主人に下ごしらえしてもらわないと、無理だと思うので」

彦二郎から頼まれ、里緒は承諾した。

夕餉に出された料理を見て、親方や力士たちは目を丸くした。大きな皿に、こんがりと焼いた鶏が一羽丸ごと載っていたからだ。それも一人に、一羽ずつである。丸々と膨らんだ鶏を眺め、木曾川と皆子山は舌舐めずりした。

「こりゃ食い応えがありそうだな」

給仕したお栄はにっこりと微笑み、包丁を二本取り出した。それを両手に持ち、目を瞠る二人の前で、鶏のお腹を割いた。中から現れたのは、湯気が立つ飴《あめ》色のご飯だった。

「す、凄《すげ》え！」

「初めて見るぜ、こんな料理」

飴色のご飯には、胡桃《くるみ》や木耳《きくらげ》、炒った卵も混じっている。驚く二人の前で、お栄は器用に鶏を切り分けた。

「ご飯を鶏のお腹に詰めて、丸ごと焼き上げたお料理です。ご飯にも、ももんじの旨みがたっぷり染みていますよ。ごゆっくりお召し上がりください」

木曾川と皆子山は早速かぶりつき、目を見開いた。言葉も忘れて頬張るところを見ると、よほど美味しいのだろうと、お栄は安堵した。

この鶏の料理は大好評で、丸ごと食べると、さすがの力士たちも満腹になったようだった。

龍伝親方もしきりに感心した。

「ももんじがたっぷり味わえるなんて、なんという幸せだ。こんな料理があるとは恐れ入った」

お腹をさする親方に、里緒は微笑んだ。

「うちの料理人が申しますに、『料理早指南』という書の四巻目に、作り方が書かれているそうです」

「なるほど。料理を追求しているのだなあ。いや、見事なものだ」

「お褒めのお言葉、ありがとうございます。料理人に伝えておきますわ。……でも、このようなお料理をお出ししていることがあまり広まりますと問題になるでしょうから、どうかくれぐれもご内密に」

「分かっておる。安心してくれ」

目配せする親方に、里緒は嫋やかな手つきで酌をした。


力士たちが発つ前、里緒は親方に、お栄とお初は木曾川と皆子山に、色紙に名前と手形をもらった。

「ありがとうございます。目立つところに飾らせていただいてもよろしいでしょうか」

里緒が訊ねると、親方は照れ臭そうに笑った。

「いや、光栄だな。そうしてくれると、こちらもありがたいよ」

「では、玄関に飾らせていただきます。関取のお二人にいただきました色紙も、ご一緒に」

「うむ。よい思い出を作らせてもらった。眺望、湯、料理、もてなし。これほど寛げる旅籠は、滅多にないだろう。女将、今後とも、よろしくな」

「はい。こちらこそ、これからもどうぞよろしくお願いいたします」

里緒は懐から手書きの名刺を取り出し、親方に渡す。淡紫色の、厚様紙《あつようがみ》で作ったものだ。親方はそれを受け取り、目を細めて眺める。里緒は三つ指をつき、深々と礼をした。


力士たちが帰ると、里緒は板場に行って彦二郎に声をかけた。

「美味しいお料理、本当にありがとう。おかげさまで大人気だったわ」

「お客様に喜んでいただけて嬉しいです」

彦二郎は照れ臭そうに返事をする。里緒はあまった総菜を行儀悪く摘まみ、笑みを浮かべた。

「彦二郎さんって、一風変わったお料理をご存じよね。巻き玉子とか、林檎の天麩羅とか、玉子素麺とか、鶏の料理とか。どこかの料理屋さんで覚えたの？」

「料理屋ではなく、仕出し屋にいた時に、それらの料理を頼まれて、作らされました」

「どこの仕出し屋さん？」

「京橋の〈若山《わかやま》〉という店です」

里緒はふと、指を顎に当てた。京橋と聞いて、四郎兵衛を思い出したからだ。

「そう……。あのようなお料理って、京橋のほうで流行っているのかしら」

「いえ、流行っているというより、年に一度、必ず注文される方がいらっしゃったんです。玉子素麺も鶏の腹詰めも、もとは南蛮料理なんですよ。正月に作った巻き玉子も、長崎のほうでは、かすていら蒲鉾と呼ばれているようです」

「年に一度、ということは、毎年、何かの集まりをしていたのかしらね」

「そのようでした。毎年、正月二日とか三日に注文がきていたので。でもその人から一番初めに頼まれたのは、確か霜月でしたね。その翌年から正月になりました」

「その集まりって、どのようなものだったのかしら」

「はい。なんでも、阿蘭陀《オランダ》正月のお祝い、と仰ってました」

「阿蘭陀……正月？　霜月に開いた時も、お正月のお祝いだったのかしら」

「聞いた話ですと、阿蘭陀のほうの年月日の数え方とこの国の数え方では、少しのずれがあるようです。それで、あちらの元日が、こちらの霜月十一日頃にあたるらしく、その日にお祝いの宴《うたげ》を開いたそうです。でも、やはりややこしいので、翌年からは、こちらの正月に合わせるようになったのでしょう」

「いったい、その宴は、どこで開いていたのかしら」

「芝蘭堂《しらんどう》です。確か、水谷町《みずたにちょう》にあったと思います」

　里緒は目を見開く。

「芝蘭堂というと、蘭学《らんがく》か何かの私塾かしら」

「そうです。ええっと、ほら、何と仰いましたっけ。『解体新書』をお書きになった……杉田玄白《すぎたげんぱく》さんと前野良沢《まえのりょうたく》さんのお弟子さんの」

　彦二郎は思い出そうと、眉根を寄せる。里緒は固唾《かたず》を呑んで見守った。

「あ、そうです。大槻玄沢《おおつきげんたく》さんです」

「玄白さんと良沢さんから一字ずつもらったのね」

「そのようです。その玄沢さんの私塾が芝蘭堂で、そちらに届けておりました」

里緒はゆっくりと頷き、兎のような目をくるりと動かした。

「その阿蘭陀正月のお祝いに集まっていたのは、どのような人たちだったのかしら。やはり蘭学者や蘭方医《らんぽうい》よね」

「そのような方々も、もちろん来ていたでしょうが、阿蘭陀の風物が好きな人たちや、名士たちも集まっていたみたいですよ。毎年、たくさん注文がきていましたから、賑わっていたのでしょう」

「ねえ……その中に、四郎兵衛さんという方はいなかったかしら」

彦二郎は首を傾げた。

「申し訳ありません。注文なさっていた大槻玄沢さんの名前は覚えていますが、集まっていた人の名前までは分かりませんねえ」

「それもそうよね……」

里緒は指で顎をなぞり、質問を変えた。

「ねえ、阿蘭陀正月の集まりで、塩漬けの胡瓜と鯰の汁物を頼まれたことはなかった？」

「塩漬けの胡瓜や鯰を使ったことは、ありませんでした。鶏ガラの出汁で、魚の汁物を作ったことはありましたが」

「それも南蛮のお料理なのかしら」

「異国の料理には違いありませんね。注文の時に、作り方や使う食材の指定があるんです。でも、野菜など聞いたことがないものも多くて、代わりのものを探すのが一苦労でした」

「ああ、それはたいへんだったでしょうね。ところで、その集まりって、いつ頃から開いていたのかしら？」

「今より、十年ちょっと前ぐらいからでしょうね。確か、一回目の時の様子は、絵に描かれて残っているようですよ」

「ええっ。それ、私も見たいわ」

もしや四郎兵衛が描かれているかもしれないと思い、里緒は身を乗り出す。彦二郎は少々怪訝な顔をした。

「女将さん、やけに気になるようですね」

「あ、ええ。……前にここに泊まりにきてくださっていた方が、どうやらその集まりに参加されていたみたいなので」

「それが、その四郎兵衛さんという方なのですか」

「ええ。でも、もしかしたら偽名だったのかもしれないわ。……あ、ごめんなさい。お仕事の邪魔をしてしまって。許してね」

里緒は顔の前で手を合わせ、板場を離れた。


里緒はその夜、桃湯に入って温もった後、部屋で里治が遺した日記を読み直した。

――四郎兵衛さんが行っていた京橋の集まりというのは、阿蘭陀正月のお祝いで間違いないわね。

里緒は考えを巡らせる。

――薬草などに詳しいという記述から、蘭方医かとも思ったけれど、それは違うかもしれないわね。半太さんと亀吉さんが、その線で調べてくれているみたいだけれど、未だに手懸かりが摑めないようですもの。でもそのような会に呼ばれるということは、なんらか南蛮に関わっているか、もしくは何かで名高い方だったのかもしれない。

里緒が気になるのは、享和二年以降、雪月花にまったく顔を見せなくなったということだ。

——代替わりをして雪月花に興味を失ってしまわれたのかと思ったけれど、それだけでもなさそうだわ。……なにか、もやもやする。

里緒の両親が亡くなったのは、文化元年になる少し前の、享和三年（一八〇三）の秋だった。そして亡くなる前に、怪しげな藩士たちが雪月花を訪れ、密談をしていた。その侍たちが両親の死に関わっているのではないかというのが、里緒と隼人の推測だった。藩士たちが密談を聞かれたと勘違いをして両親を殺め、おまけに四郎兵衛からもらった家宝も盗んでいったのではないかと。

隼人は言った。藩士たちがよからぬ密談をしていたというならば、その頃に藩の中で何か揉め事を起こしたに違いない、と。そしてそのような事実があった藩を探したところ、平戸藩が該当した。お世継ぎの毒殺未遂騒動を起こしたからだ。

だが、隼人が探り、半太と亀吉が藩邸を見張っているものの、平戸藩には何の動きもないようだ。連絡がまったくないところを見ると、雪月花を訪れていた藩士たちが平戸藩の者だったのか、未だに分かっていないのだろう。

——すると、あの時にうちに来ていた侍たちは、平戸藩の藩士ではなかったのではないかしら。

里緒の心に疑いが頭を擡《もた》げる。

——では、どこの藩士だったのかしら。訛りがあったというけれど。

里緒は顎に指を当て、頭を働かせる。

——四郎兵衛さんと侍たちは、直接の関わりはまったくないように思うけれど、どこかで繋がっているような気がしてならないの。それが南蛮ということなのかしら。それゆえ、隼人様も私も、平戸藩が怪しいと思ったのだけれど。

里緒は熱い桃の葉茶を啜り、考え方を変えてみる。

——藩士がよからぬことを密談していたのだから、やはりその頃、何かがあったのではないかしら。享和三年から文化元年頃に、何か事件があったのでは。もしや藩の中のことではなく、南蛮に関することかもしれない。……いえ、南蛮にこだわらず、異国に関することでは。

その頃何があったか覚えているか、吾平とお竹に訊いてみたくて堪《たま》らなくなるが、二人とも寝てしまっている。わざわざ起こすのは申し訳ないので、里緒は独りで悶々《もんもん》とした。

——その頃、何かあったかしら。

桃の葉茶を飲んで心を落ち着けると、里緒はふと、世を騒がせたある出来事を思い出し、目を見開いた。怪しげな藩士と四郎兵衛に共通するものが、見出《みいだ》せたような思いで、里緒は逸《はや》る胸を抑えつつ日記を捲る。

懐かしい字を見ていると、里緒に、父親の思い出が蘇る。父親がよく話していたこともだ。

――初めてうちにお見えになった四郎兵衛さんからいただいたものを家宝にするということは……もしや、お父さんはその時に四郎兵衛さんとは初対面でも、以前から四郎兵衛さんのことを知っていたのかもしれないわ。そして、四郎兵衛さんに、敬意を持っていたのでは。

四郎兵衛は、おそらくは異国に関わる者だと里緒は思う。娘時代に、父親の里治に聞かされていたことを思い出していくうちに、ついに思い当たった。

――四郎兵衛さんって、もしや、あの御方では……。

四郎兵衛と謎の藩士、よからぬ密談。その頃に起きた事件。これらのことが繋がったような気がして、里緒は顔の前でそっと手を合わせた。

翌朝、裏庭で育て始めた大葉に水を遣った後、里緒はお初に声をかけた。

「ねえ、近頃、半太さんと会ってる？」

すると聞かれたお初は頬を染めて、うつむいた。

「いえ、その。最近、お互いに忙しいですし」

「照れなくていいわよ。お使いの帰りに会っていたって、咎めたりしないわ。それどころか、半太さんに会ってほしいのよ」

「え?」

お初はあどけなさの残る顔を上げ、里緒を見た。

「半太さんに言伝《ことづて》をお願いしたいの。隼人様宛てにね」

里緒はお初に目配せし、微笑んだ。


雪月花の近くの秋草《あきくさ》稲荷でお初から話を聞いた半太は、その夜、亀吉と一緒に隼人の役宅を訪れた。

「あらま、いらっしゃい。どうぞお上がりになって」

迎えてくれたお熊《くま》は齢五十七で、隼人が生まれる前から山川家に奉公している。よく肥えていて大きなだみ声が特徴で、朗らかだが少々お節介でもあった。

「いえ、もうこんな刻ですし、ここでいいです。すみません、旦那をちょっと呼んでもらえますか」

半太が言うと、お熊は肉付きのよい手を口に当て、ころころと笑った。

「あら、遠慮しないで。旦那様、やもめで話し相手がいなくて侘《わび》しいんだから、慰めてあげてよ」

するど低い声が響いた。

「お熊、誰が侘しいって？」

お熊は振り返り、ぎょっとする。隼人が堂々と立っていたのだ。

「あら、旦那様。嫌ですよ、そんな不意打ちなさって」

「何が不意打ちだ。油断も隙もなく言いたい放題なのは、そっちだろうよ」

隼人は鼻で笑いながら、手下たちに声をかけた。

「おい、お前ら、上がれ。俺は今、侘しくはねえが、ちょいと退屈なんだ。お熊、蕎麦か饂飩を頼むぜ」

「あ、はい。かしこまりました」

お熊は板場へと向かい、半太と亀吉は顔を見合わせて、頭を掻く。

「旦那、いつも、すみません」

「いいってことよ」

隼人は福々しい笑顔で、手下たちを眺めた。

二人を部屋へ通すと、杉造《すぎぞう》がお茶を運んできた。杉造は、お熊より一つ年上の下男だ。こちらも古くからの使用人で、小柄で柔和《にゅうわ》、いつも淡々と仕事をこなしている。

「ごゆっくり、どうぞ」

杉造は丁寧に礼をし、速やかに下がった。熱いお茶を飲んで一息つくと、半太が切り出した。

「あ、それで、今日伺ったのは、女将さんから旦那への言伝を頼まれたからです」

「ほう、里緒さんが。……やはり、探索の進み具合が気懸かりなのだろうか」

隼人は眉を八の字にして、項垂れる。半太は首を傾げた。

「お初から聞いた限り、そのような感じではないように思いました。お初曰《いわ》く、女将さんがお話ししたいことがあるから山川様に雪月花にお出向きいただきたい、とのことです」

隼人は腕を組んで、息をついた。

「うむ。分かった。明日にでも行こう」

するとお熊が卓袱《しっぽく》蕎麦を運んできた。椎茸、蒲鉾、三つ葉が載った素朴なものだが、この刻に食べるにはちょうどよい。男三人、蕎麦を手繰る。行灯が灯る部屋に、汁を啜る音が響いた。

「案外、女将さんがまたしても我々より先に、真相を探り当てちまったかもしれやせんね」

「京橋や番町をいくら探っても四郎兵衛は見つかりません。もし女将さんが、本当に四郎兵衛がどこの誰かお分かりになったなら、おいらは兜を脱ぎます」

「俺も、平戸藩の藩士たちを探ってはいる。三年ほど前にお世継ぎを殺そうとした者たちも、薄々とは摑めた。だが、そいつらが、果たして雪月花で密談していた藩士たちと同一の者なのか、やはり分からねえんだよなあ」

汁を飲み干し、隼人は首を捻る。亀吉が口を出した。

「番頭さんとお竹は、その時の藩士を薄《う》っすら覚えていねえんでしょうか。似面《にづら》絵《え》を作って、平戸藩の怪しげな藩士と、照らし合わせてみるってのは如何でしょう」

「うむ。それは俺も考えたが、なにぶん四年近く前だろう。その時に何度か来た者を、似面絵が作れるほど覚えているだろうか。まあ、明日、訊いてみるぜ。あるいは番頭かお竹を藩邸の近くに連れていって、その者たちが出てきたところを確かめさせるかだ。だが、番頭たちも仕事があるし、藩士たちもいつ姿を見せるか分からねえから、これも難しいだろうな」

亀吉は溜息をついた。

「なにやら、平戸藩は違うような気もしやすぜ」

「おいらもそう思います」

隼人は手下たちを眺め、顔を顰めた。

「嫌なことを言うなよ。また振り出しに戻っちまうじゃねえか」

「今から三年前とか四年前に、藩絡みの事件って、何かほかになかったですかい」

亀吉に睨めるように見られ、隼人は些《いささ》かむっとする。

「俺だって調べてるんだぜ。だがその頃って、それほどデカい事件はなかったような……」

隼人は不意に口を噤《つぐ》んだ。

「どうしたんですか、旦那」

「い、いや。ちょっと思い当たったが、まさかあれが関わってるってことはねえだろうから、違うか」

「なんですか、あれ、ってのは」

半太と亀吉は目を瞬かせる。

「まあ、もう少し調べてから、話すことにする。お前たちだって、すぐには思い出さぬ出来事だ。つまりは、浮世離れしてるってことだぜ」

「浮世離れした事件ですか……その頃、何かありましたっけ」

半太と亀吉は顔を見合わせ、首を傾げた。

三

雪月花を訪れた隼人を、里緒は笑顔で迎えた。

「お忙しい折にお呼び立てして、申し訳ございません」

卯の花色の小袖を纏った里緒は、三つ指をついて淑やかに一礼する。隼人の頬が緩んだ。

「なにやらずいぶん可愛い前掛けをしているじゃねえか」

「お篠さんのお孫さんが作ってくれたんです。上巳の節句のお祝いの時に、いただきました」

「へえ。なかなか器用だなあ。その刺繍も、お篠の孫が刺したんだろうか」

「そうなんです。お桃ちゃんといって、十になる娘さんなんですけどね。上手ですよね」

里緒は立ち上がり、軽く飛び跳ねるようにして、前掛けを隼人に見せびらかす。隼人は笑った。

「そうしてると里緒さん、その刺繡の兎に、そっくりだ」

すると帳場の中からお竹が出てきた。

「旦那、いらっしゃいませ。今度は私が旦那に、熊の刺繡をした前掛けを作ってお贈りしましょうか。女将とお揃いで」

吾平も顔を覗かせ、口を挟んだ。

「旦那なら、やはりそこは前掛けじゃなくて、まわしが相応しいでしょう」

「熊の刺繡を施したまわしなんて、聞いたことがありませんよ。でも、案外、恰好いいかも。旦那に似合いそうだわ」

お竹は目を見開き、里緒は苦い笑みを浮かべた。

「二人とも、好き勝手なことを言わないでよ。せっかく隼人様に来ていただいたのだから」

里緒に見つめられ、隼人は頭を掻く。

「前掛けでもまわしでもいいけどよ、俺に似合うものにしてくれよな」

「さすが旦那、話がお分かりになる。ならば熊の刺繍がされた帯なんかは如何でしょう」

「あら、それだったら、褌《ふんどし》にしましょうよ」

ついに里緒は頬を紅潮させて怒った。

「吾平、お竹、いい加減にしなさいっ」

「はい。すみません」

二人は首を竦め、声を揃えた。

隼人を部屋に通すと、里緒は詫びた。

「本当に申し訳ありません。せっかくお越しくださったのに、吾平やお竹が失礼なことを申し上げて」

「いやいや、いいってことよ。まあ、前掛けでも褌でも、願わくはお竹より里緒さんからもらいてえけれどな」

「まあ」

隼人のおどけた口ぶりに、里緒は頬を染めつつも笑ってしまう。

暖かくなってきたので炬燵は仕舞っていたが、朝晩とまだ冷えることもあるので火鉢は置いてある。

里緒は隼人に、父親がつけていた日記を渡し、部屋を出ていった。板場に行き、料理と酒を用意して、すぐに戻る。

隼人は日記を広げたまま、里緒に笑みをかけた。

「いつもすまねえな」

「いえ。お召し上がりいただけましたら嬉しいです」

「ほう、鴨肉か」

串刺しにした鴨肉に饂飩粉を塗して、衣揚げにした料理に、隼人は目を細める。

里緒は隼人に酌をする。隼人は酒を一口呑み、鴨肉を食べ、相好を崩した。

「なんだか力が湧いてくるような味だな。さすが里緒さん、料理も上手いな」

「お褒めいただいて嬉しいのですが、作ったのは私ではありません。料理人です。それを温め直しました」

隼人は手に持った串を眺めた。

「ほう。今度の料理人も、凝ったものを作るじゃねえか。こういう、こってりした料理、俺は好きだ」

「彦二郎は京橋の仕出し屋さんで働いていた時に、このようなお料理をよく作っていたそうです。芝蘭堂の、阿蘭陀正月のお祝いの時などに」

隼人は串を置き、里緒を見た。里緒も隼人を見つめ返す。

「私、気づいたんです。四郎兵衛さんが、よく訪れていた京橋の集まりというのは、その阿蘭陀正月の宴だったのではないかと。彦二郎の話によると、阿蘭陀正月が開かれ始めたのは今から十数年前の霜月十一日で、私の父が日記に書いていたことと一致します」

「芝蘭堂といえば、確か、大槻玄沢の私塾だよな。そのような集まりに招かれるということは、四郎兵衛はやはり何かで名を成している者なのだろうか」

「さように思います。それで私、考えてみたのです。父が遺した、四郎兵衛さんに関する記述から。……四郎兵衛さんは、阿蘭陀正月のお祝いと思しき集まりに参加されていた。四郎兵衛さんは、番町に住んでいらっしゃる。薬草に囲まれて暮らしていて、それらにお詳しい。向日葵の種の効き目を知っていて、お召し上がりになる。なにやら異国に関わりがあるように思われる。お立場上、あまり自由に行動できない。躰が丈夫である。しょっぱいものを好まれる。強いお酒を好まれる。もしや、寒いところで暮らしたご経験があるのではとも、察せられる。

名士であるが、苦労をなさったようでもある。そして、そのようなご経験のある四郎兵衛さんを、私の父は敬っていたようである。それゆえに父は、四郎兵衛さんからいただいた置物を、家宝にしようと思ったのでしょう」

里緒は言葉をいったん切り、隼人を真っすぐに見た。

「それで私、四郎兵衛さんが何者でいらっしゃるか、分かったような気がするのです」

「誰だと思うんだ」

隼人も里緒を見据える。里緒は姿勢を正して、答えた。

「大黒屋光太夫《だいこくやこうだゆう》さんです」

静かな部屋に、里緒の澄んだ声が響く。少しの間の後、隼人はぽつりと呟いた。

「ああ、そうか。……またしても里緒さんに、一本取られちまった」

面目なさそうに、隼人は眉を八の字にする。里緒は、隼人が文机《ふづくえ》に置いた父の日記を、手に取った。

「私も、ずっと気づきませんでした。でも、父の懐かしい字を眺めているうちに、父が話していたことを思い出していったのです。あれは私が十ぐらいの時でした。物静かだった父が、やけに昂《たかぶ》って話していたのです。露西亜《オロシヤ》を漂流した船頭が、十年ぶりに日本に戻ってきた、と。よく生きていたものだ、素晴らしいと、父は感動していました。私には露西亜など想像がつかなくて、なにやら夢物語を聞いているようでした。でも、父の昂りが伝わってきて、私まで嬉しくなってしまって。……それで大黒屋さんのことを覚えていたのです」

「なるほどな。大黒屋光太夫は確かに番町に住んでいると思う。偽りを言っていた訳ではなさそうだから、四郎兵衛ってのは、幼名か養子になった時に改めた名前じゃねえかな。光太夫は何度か改名しているかもな。さっそく調べてみるぜ」

「お願いいたします」

里緒に注がれた酒を呑み、隼人は腕を組んだ。

「四郎兵衛は自分の正体を、里緒さんのご両親には伝えたんだろうな。ならば里緒さんのお父さんは、日記にも四郎兵衛などと書かず、光太夫の名をはっきり記してもよかったとは思うのだが。本人が四郎兵衛と名乗る以上は、たとえ日記の上でも、気を遣ったんだろうか」

「さように思います。おそらくは、大黒屋さんが私の両親に願ったのでしょう。自分の正体は、ほかの者たちには明かさないでくれ、と。だから娘の私にも、黙っていたのだと思います。父も母も、お客様の秘密は、必ず守っておりましたから」

隼人は大きく頷いた。先だっての事件でも、里緒の両親のそのような性分が窺われたからだ。

「分かるぜ。親御さんの血を受け継いで、里緒さんも客たちに信頼され、変わらずに雪月花を繁盛させているものな」

里緒は含羞むように、うつむいた。

「両親のよいところは、見倣わなければと思っております。それに大黒屋さんは、表立っては、好き勝手な行動は慎まなければならないようですもの。宴の後に旅籠に泊まるなど、ご自分の行動を、あまり知られたくなかったのでしょう」

「うむ。それはそうだろうなあ。露西亜を漂流して戻ってきたんだ。大黒屋は番町の薬園に居宅をもらい、『北槎聞略《ほくさぶんりやく》』を著すのに力添えしたりして名士のように扱われる反面、異国を知る危険な者として御上から見張られてもいるようだからな。まあ、実際はそれほど厳しい見張りではないらしいが、本人はやはり窮《きゆう》屈《くつ》だろう」

『北槎聞略』(寛政六年〈一七九四〉刊)は、蘭方医である桂川《かつらがわ》甫《ほ》周《しゆう》が、光太夫やその手下の磯吉《いそきち》たちの経験談をもとに著した、露西亜に纏《まつ》わる地誌である。

大黒屋光太夫は、伊勢《いせ》は白子《しろこ》の廻船《かいせん》問屋で船頭を務めていた。天明《てんめい》二年（一七八二）に船員十六人とともに白子の浦から江戸へ向かって出航したところ、酷い暴風雨に遭って漂流し、辿《たど》り着いた先がアムチトカ島という島だった。そこで露西亜人と遭遇して親しくなり、四年後に彼らとともに島を脱出し、苦難を経て、二年後に露西亜のイルクーツクに至った。そこで博物学者のキリル・ラクスマンと出会い、二年後にキリルとともにサンクトペテルブルクに向かって、エカチェリーナ二世に謁見《えつけん》して帰国を許された。

その道程《みちのり》がどれほど過酷なものであったかは、白子の浦を出航した十七人のうち、日本に帰ってこられたのが光太夫を含めて三人だったことからも分かる。一人がアムチトカ島に着く前に亡くなり、十一人がアムチトカ島や露西亜で亡くなり、二人は正教に改宗して露西亜に残ったので、日本に戻ったのは三人だったが、そのうちの一人も根室《ねむろ》で越冬している時に命を落としてしまった。

根室で越冬しなければならなくなったのは、蝦夷地を支配している松前藩を通じて幕府に伺いを立てる必要があり、その交渉に時間がかかったからだ。

このように、常人には測り知れぬ厳しい経験をしながらも生き延びた光太夫に、里緒の両親は感銘を受けたに違いなかった。

隼人は酒を味わいつつ、項垂れた。

「四郎兵衛の正体は大黒屋で合っているようだな。半太や亀吉に番町を探らせたのに、ちっとも気づかなかった。いや、お恥ずかしい限りだ」

「いえ、こちらこそ、半太さんや亀吉さんにお手間を取らせてしまって、たいへん申し訳ありませんでした。私がもう少し早く気づけばよかったのですが……。ごめんなさい」

里緒に頭を下げられ、隼人は慌てた。

「そんな、謝らねえでくれ。里緒さんの頼みを請け負っておきながら、何もできなかった己の不甲斐《ふがい》なさが、情けねえだけだ。頭を下げなくちゃいけねえのは、こっちだ。怪しげな藩士たちのほうだって、まだ確かなことが摑めてねえんだよ。……だがな」

隼人と里緒の目が合う。隼人はおもむろに続けた。

「昨夜ふと思い出したんだ。里緒さんのご両親が亡くなる前後にあった、大きな事件を。平戸藩の跡継ぎ毒殺未遂騒ぎなどよりも、ずっと重要なことだ。だが、大黒屋光太夫の一件と同じぐらいに浮世とかけ離れている出来事だったので、なかなか思い出せなかったんだ」

里緒は身を乗り出した。

「実は、私も気づいたことがあったんです。その事件とはもしや、文化元年の秋に起きた……」

「そうだ。露西亜の使節が出島《でじま》に突然やってきて、留め置かれた騒ぎだ」

「やはり。私は詳しくは知らないのですが、露西亜から偉い人がやってきて長崎のほうで騒ぎになったということは、お客様から伺って、ぼんやりと覚えていたんです。それを書いた瓦版もあったとのことで」

「うむ。普通の暮らしをしている者なら、覚えているだけで大したもんだ。俺も詳しいことは分からなかったので、今日ここに来る前に、北詰《きたづめ》様に教えてもらった」

南町奉行所の年番方与力《ねんばんかたよりき》北詰修理《しゅり》は、隼人が里緒と知り合うきっかけになった事件に関わった者だ。優れた見識を備えているだけでなく、懐も深い北詰に、隼人は敬意の念を抱いている。その北詰から聞いたことを、隼人は里緒に話した。

「露西亜の使節だったのは、レザノフという者だ。そのレザノフが出島に突然来航して、国交を求めてきた。そもそもはレザノフの前に、ラクスマンという者が、大黒屋光太夫を日本に返すことを条件に、交易を求めてきて、その時の老中《ろうじゅう》だった松平定信《まつだいらさだのぶ》様と約束をしていたんだ。そして十年以上が経ち、レザノフはその交易の約束を果たしてほしいと言ってきた。だが、定信様は既に失脚しているから、話し合いができねえ。今の老中たちは露西亜との交易など端から考えていねえから、レザノフたちに冷たい態度を取った。結局、彼らは半年近くも出島の近くに留め置かれた挙句《あげく》、国交を拒絶されて、すごすご帰っていったんだ」

里緒は息をついた。

「詳しく教えてくださって、ありがとうございます。そのような訳だったのですね」

「そのようだ。俺の問いに、北詰様はもう一度調べてから答えてくださったので、間違いはねえだろう」

二人は顔を見合わせ、頷き合う。柔らかな行灯の灯りの中、里緒は顎に指を当て、首を傾げた。

「それで、妙に気になったんです。その露西亜の偉い人……あ、なんと仰る方でしたっけ」

「レザノフか」

「はい、そうです。先ほど、隼人様も仰いましたよね。そのレザノフさんは、出島に突然やってきたと。露西亜から来るとなると時間がかかりますでしょうし、何の約束もせずに、よく突然現れたものだと」

里緒と隼人の眼差しがぶつかる。隼人は低い声を出した。

「それは、俺も何か変だとは思った。で、北詰様に訊ねてみたところ、教えてくださった。露西亜ってのはな、五十年ぐらい前から、アイヌと接触して交易を求めてきていたそうだ。そしてアイヌがいる蝦夷地を支配しているのは松前藩だ。ところが、その松前藩ってのは、露西亜人たちのことを幕府にすべて報せる訳でもなく、秘密にもしていたというんだ」

「まあ」

里緒は両の手で口を押さえる。

「つまりはその頃から既に、蝦夷地には密かに露西亜人が潜んでいたこともあり得るってことだ。それで幕府も何かおかしいと思い、露西亜の動きにも気づいて、天明五年（一七八五）から調べる者をしばしば蝦夷地に遣わすようになった。そして寛政十一年（一七九九）に、藩主から蝦夷地をほとんど取り上げちまったそうだ」

「松前藩は江戸から遠いですものね……。幕府の目が届かぬところで何をしていたか、推して知るべしです」

「うむ。それで俺がレザノフについて何かおかしいと思ったのは、根室など松前のほうではなく、長崎に来たってことなんだ。まあ、出島はこの国の窓口ではあるがな。諸々のことを含め、ある程度にはこの国を知っていなければ、突然押しかけるなどということはできなかっただろう。それで北詰様も仰っていたが、つまりは、もしかしたら、この国のことを露西亜側に密かに伝えていた者がいるんじゃねえかと」

「それが、松前藩の者だと？」

息を呑む里緒に、隼人は頷いた。

「そうだ。雪月花に訪れて密談をしていた怪しげな藩士たちというのは、松前藩の者かもしれねえ。そいつらは、ここで、露西亜やレザノフに関することを、話し合っていたんだ。そして里緒さんのお母さんに、それを聞かれたと勘違いした。レザノフが出島に来たのは、藩士たちがここを訪れていた頃から、一年ほど経ってだが、その間に色々と準備をして、計画を練っていたんだろう」

「大きなことであればあるほど、すぐに実行に移す訳には参りませんものね」

「そのとおりだ。松前藩の藩士たちは、この国のことを露西亜に流し、その見返りに、露西亜から謝礼を受け取っていたんだろうな」

「私も、大黒屋さんのことに気づいた後で、なにやら松前藩が怪しいとは思ったのです。大黒屋さんは、享和二年から、うちにまったくお越しにならなくなりました。おそらく、レザノフさんのことがあって、ご自身も露西亜に関わった身ゆえ、暫くはおとなしくしていたほうがよいと思われたのではないでしょうか。その頃から見張りも、また厳しくなったのかもしれません」

「そうかもしれねえなあ。露西亜の者がこの国で訳の分からぬことを仕出かすと、何もしていなくても大黒屋まで怪しい目で見られるだろうからな。とんだ、とばっちりだ」

「本当に。でも大黒屋さんはご健在のようで、安心しましたわ。私の両親が大黒屋さんからいただいた猫の置物は、もしや露西亜にいらっしゃった時に、手に入れられたものだったのかもしれません」

「そうかもしれんな。置物に飾られていたギヤマンのようなものってのは、露西亜で採れる高価な石だったんだろう」

「大黒屋さんはその石のことを茶間と仰ったようですが、チャマとは、もしや露西亜語なのかもしれません」

「なるほどな。で、松前藩の奴らは、その石がチャマだと一目見て分かったんだろう。やはり露西亜と通じていたに違いねえ」

里緒は顔を強張らせた。

「もしや、今でも通じているのでしょうか」

「うむ。……ちょっとな、臭うことがあるんだ。この前、親分から聞いたんだが、吉原の花魁たちの間で、毛皮が流行っているみてえなんだ」

「毛皮ですか？　アイヌの人たちが作っていますよね」

「うむ。だがな、アイヌの者たちが作ってるのは、海獺《ラッコ》や熊の毛皮だ。どうも話を聞いてみると、海獺じゃねえようだ。狼《おおかみ》とか狐《きつね》、野兎などのそれと思われる」

里緒は思わず顔を顰め、震え上がった。

「兎の毛皮なんて……絶対に着たくありません」

隼人は苦い笑みを浮かべた。

「そりゃ、里緒さんならそうだろうよ。兎に限らず、生き物の皮を剝ぐなんて、残酷だよな。だが花魁みてえな見栄っ張りな女たちは、豪華に見えるものを好むんだろう。で、密かに出回っているその豪華な毛皮ってのは、露西亜で作られたものじゃねえかと、俺は踏んでいるんだ」

「この国は露西亜とは交易を結んでいないのですから、つまりは抜け荷だと？」

「そうだ。露西亜は毛皮の交易が盛んだというからな。毛皮を売りつけもすれば、手に入れようともするらしい。アイヌに近づいたのも、珍しい海獺の毛皮が目的だったというぜ。松前藩の悪党どもは、露西亜から毛皮を手に入れ、毛皮好きの通人たちに高値で売りつけているんだろうよ。そのほかにも強い酒や、毛織物、高価な石なんかも露西亜から抜け荷しているんじゃねえかな。あと、目薬もだ」

「目薬……ですか」

「うむ。吉原の遊女たちの間に、それも密かに流れているらしい。それを目にさすと、おそらく瞳が拡大して、心身ともに昂ってくるようだ。阿片とまではいかねえが、危ねえ薬だろう」

里緒は固唾《かたず》を呑んだ。

「それらの企みも、うちで相談していたのでしょうか。それで私の母に聞かれたと勘違いして……」

肩を落とす里緒を、隼人は見つめた。

「里緒さん、必ず下手人を挙げるから、待っていてくれ。平戸藩は俺の間違いだったが、今度は間違いじゃねえと思う。松前藩にいる悪党を取っ捕まえて、家宝も取り戻すぜ。藩邸の中にいる時は手出しできねえが、奴らが町中で何か問題を起こせば、捕らえられなくもねえからな」

「家宝は……もう、別の誰かの手に渡ってしまっていると思います。悪党たちが、高値で売りつけてしまったでしょう。隼人様、私は真相が分かれば、それでいいのです。もし、捕まえるのが無理な相手であれば、仕方がありません。それに、その者たちを罰したところで、父や母が返ってくる訳ではないですから」

隼人は切なげな目で、里緒を見る。里緒は弱々しく微笑んだ。

「だから隼人様、捕まえることには執着《しゅうちゃく》なさらないでくださいませ。……私、天網恢恢疎《てんもうかいかいそ》にして漏らさず、という言葉を信じているのです。父の口癖でした。天は悪事や悪人を決して見逃さないから、恥じるような行いは慎めと、小さい頃から言われておりました。たとえ人が悪人を罰せなくても、いつか必ず天が罰してくださる、私はそう思っております」

隼人は目を細めた。

「里緒さんはお父さんから、よい教えを受けたのだな。こんなに素敵な人に育ててくれて、ご両親には感謝の限りだ」

「まあ……そんな」

里緒はうつむき、前掛けをつけた膝を指でなぞる。思わず素直な心情を吐露してしまった隼人も、頬を仄かに赤らめ、咳払いをした。

「まあ、里緒さんのためにはもちろんだが、いずれにせよ松前藩は調べてやるぜ。あそこに巣くっている悪党どもを挙げてやらねば気が済まねえ。御上にも関わることになりそうだからな」

「露西亜との抜け荷は、やはり危険で、御上にも影響があるのでしょうか。露西亜はこのところ、おとなしいようですが」

隼人は声を潜めた。

「里緒さんを信用して言う。今から俺が喋ることを、まだ誰にも決して話さないでほしい」

「かしこまりました。絶対に話しません」

「うむ。……北詰様が懇意の蘭学者からお聞きになったことによると、まだ公になっていないが、露西亜の兵士たちが昨年の秋に樺太《カラフト》を襲ったようだ。銃を振りかざしてアイヌの子供を拉致《らち》し、運上《うんじょう》屋の番人を捕らえ、米などを強奪し、家屋や船に火を放った」

里緒は目を見開き、両手で口を押さえる。言葉を失ってしまった里緒の肩に、隼人はそっと手を置いた。

「怖がらなくていい。露西亜の者たちは五十人ほどいたようだが、六日ぐらいですぐに引き上げていった。昨年の長月《ながつき》にあったことが、なぜ今頃になって知られるようになってきたのか、不思議だろう？　松前藩の者たちは、船を焼かれたゆえに樺太からの報せがなかなか入ってこなかった、などと言っているがな。だが俺は、この襲撃にも、松前藩の悪党どもが絡んでいると睨んでいるんだ」

「樺太の情勢を流したということですか」

「そうだ。どのあたりに船を着け、どのように襲撃したらいいか、教えた者がいたのだろう。すると、悪党どもの中には、露西亜語に明るい者が必ずいるってことだ」

「絞られて参りますね」

「うむ。露西亜の者たちは、レザノフが来航した時に御上に冷たい態度を取られたことを、根に持っていたんだろうな。もしや、また何か、近いうちに仕掛けてくるかもしれねえ」

里緒は再び、怯えた面持ちになる。隼人は優しく語りかけた。

「すまねえな。よけいなことを聞かせちまった。だが、奴らが攻めてくるのは、やはり松前のほうだろう。松前藩の悪党、つまりは裏切り者たちは、江戸と国許、両方にいるだろうな。互いに連絡《つなぎ》を取り合って、露西亜に情勢を教えて謝礼をもらい、抜け荷までしてるってことだ。この国に背く者たちだ、許せねえ。絶対に挙げてみせるぜ」

隼人は顔をいっそう引き締める。里緒は頼もしげに、隼人を見つめていた。

第五章　お転婆《てんば》な兎

一

隼人は早速、半太と亀吉に、松前藩の上屋敷を見張らせた。小藩なので今の時点では下屋敷などはなく、上屋敷も二百坪ほどの広さだ。だが大名家ゆえ、何かあったら事なので、あくまでも慎重に動く。こちらも平戸藩と同じく三味線堀の近くにあり、雪月花とそれほど離れていない。そこの藩士たちが、かつて密談をするのに雪月花を使ったとしても、不思議はなかった。

「藩士たちに何か動きがあったら、すぐに報せてくれ」

隼人は二人に頼むと、吉原へと向かった。門の近くにある面番所《めんばんしょ》に詰めている同心に話をつけ、寅之助に教えてもらった妓楼〈橋田屋《はしだ》〉へと赴く。七つ（午後四時）過ぎ、昼見世《ひるみせ》も終わって妓楼が落ち着く刻だ。

大見世の橋田屋の入口で隼人が大きな声を上げると、番頭がすぐに現れた。

「すまねえが、東雲《しののめ》花魁にちょいと話を聞きてえんだが」

「は、はい。旦那。いったいどのようなご用件でしょうか」

「なに、客からもらった品についてだ。別に東雲やこの見世《みせ》に疑いがかかってる訳じゃねえから、安心しな」

隼人が十手をちらつかせると、番頭は一段と腰が低くなる。

「かしこまりました。どうぞこちらへ」

番頭は隼人を、内証《ないしょう》へと案内した。内証とは、妓楼の主人がいる部屋だ。

お茶を出されて、そこで待っていると、少しして東雲が現れた。小袖の上に打掛《うちかけ》を一枚羽織っただけだが、身に着けているものはすべて上物《じょうもの》だと分かる。東雲は整った瓜実顔《うりざねがお》に妖しげな笑みを浮かべて、隼人に礼をした。白粉《おしろい》と麝香《じゃこう》が混ざったような、艶《なま》めかしい匂いが漂ってくる。

「お役人様、ご苦労様でございます」

「忙しいところ、悪いな。お前さんにちょいと訊ねたいことがあるんだ」

「はい。番頭から聞きましたが、お客様から贈られたもののことで何か？」

「うむ。お前さん、豪華な毛皮を贈られたっていうじゃねえか。それを見せてもらいてえんだ。贈った者が誰かも教えてほしい」

「毛皮でございますか……」

眉根を寄せた東雲に、隼人は微笑んだ。

「別に没収したりしねえよ。ただ、どこで手に入れたかを知りてえだけだ。お願いできるかい」

「かしこまりました。では、持って参ります」

東雲はおもむろに立ち上がり、内証を出ていった。

待つ間、隼人は主人とも話した。東雲に毛皮を贈ったお客について訊いてみると、すぐに教えてくれた。

「札差《ふださし》の〈飯倉屋《いいくらや》〉のご主人ですよ。日本橋の唐物屋《からものや》から買ったと仰っていました」

「やはりな……」

隼人は呟き、お茶を啜る。少しして、東雲は毛皮を手に戻ってきた。それは、召し物に疎い隼人でも、一目で高価な代物《しろもの》と分かった。光沢のある黒蜜色の毛並みといい、羽を撫でているような柔らかな手触りといい、細部に至るまで丁寧な縫い方といい、アイヌが作っている海獺のそれとは、明らかに違う。

毛皮に触れながら、隼人は訊ねた。

「これは狐《きつね》の毛皮だろうか」

「狼《おおかみ》とのことです」

隼人は隅々まで眺め、東雲に返した。

「お前さんにこれを贈った者は、唐物屋から買ったそうだが、なんていう店か分かるかい」

東雲は首を傾げた。

「お店の名前までは、分かりかねます。ただ日本橋の長谷川町《はせがわちよう》のあたりにあるとは聞きました」

「どこの国で作られたものなんだろうな。そのようなことは話してなかったか」

「異国のものとは聞いておりましたが、そう言われてみましたら、どこの国のものなのでしょう。てっきり南蛮渡来の毛皮と思っておりましたが」

「そうか。豪華な毛皮を見せてくれてありがとうよ」

隼人は礼を述べてから、東雲に目薬のことも訊ねてみた。だが東雲は、そちらについては知らないと、素っ気なく答えた。

隼人は橋田屋を後にし、吉原を出た。

それから浅草は蔵前《くらまえ》に赴いた。このあたりには札差の店が並んでいる。隼人は飯倉屋に入り、主人を呼んでもらった。

主人は四十代半ばで愛想はよいが、目は決して笑っていないような男だ。隼人は中に通され、主人から話を聞いた。

「お前さんは、吉原の橋田屋の東雲花魁に、毛皮を贈ったよな。あれはどこで買ったものだ」

「はい。日本橋は長谷川町の〈楠乃屋《くすのや》〉という唐物屋から手に入れました」

「あの豪華な毛皮、俺も見せてもらったぜ。高かっただろう」

「いえ、まあ、はい。……安くはございませんでした」

隼人はお茶を飲み、主人を見据えた。

「あれは、どこの国から仕入れたものか、分かるか。唐物屋は何と言っていた」

主人は首を傾げた。

「はっきりとは聞いていないのですが、私は清《しん》国と思っておりました。もしくは阿蘭陀でしょうか。楠乃屋には、唐物以外に南蛮ものも置いてありましたので」

主人の目の動きや、口ぶりから、隼人は察した。

――おそらく主人は、毛皮が露西亜から入ってきたものと知っていて、買ったんだろうな。売るほうだって、稀《まれ》なもののほうが高く売りつけられるから、口八丁で煽《あお》って、買わせたに違いねえ。つまり主人は、とぼけているという訳だ。

南蛮渡来のものというより、露西亜渡来のものというほうが、神秘性が増すのは確かであろう。夢幻の大国の品物といったありがたみを感じさせるがゆえ、売り手も高値で引っ張ることができると思われた。

――東雲も、露西亜の毛皮と実は知っていたのかもしれねえな。希少の価値がある珍しいものを贈ってもらって、図に乗ってはしゃいでいたのだろうよ。

鈍い隼人でも、それぐらいの女心は分かる。唐物屋の名が割れたので、隼人は主人に礼を述べ、速やかに飯倉屋を後にした。

その足で今度は日本橋の長谷川町へ行き、楠乃屋を探した。同じ町の中に唐物屋は三軒あった。楠乃屋は間口の広さや店構えなどから、その中で最も儲《もう》かっているように見受けられた。

隼人は少し離れたところから、楠乃屋の様子を窺った。店の中に押し入り、無理やりにでも調べてやろうかとも思ったが、止まった。抜け荷の品物を、安直に、店の中に置いてあるとは限らないからだ。どこかに秘密の隠し場所があるかもしれない。

——踏み込んで見つからなかった場合、すべてを逃がしてしまうかもしれねえからな。こっちは証拠が摑めず、相手は用心に用心を重ねて襤褸《ぼろ》を出さなくなるだろう。それは拙《まず》い。焦らずに、暫くは様子を窺うか。いつか必ず、この店と松前藩の悪党どもの接点が摑めるに違いねえ。動くのは、それからでもいい。

隼人は目を光らせた。


隼人は、半太と亀吉に、交替で松前藩の屋敷と、唐物屋の楠乃屋を見張らせることにした。すると寅之助が申し出た。

「旦那、あの二人だけじゃ、人手が足りませんでしょう。うちの若い衆も使ってやってくだせえ」

隼人は恐縮しつつ、頭を下げた。

「そうしてくれると助かるぜ。親分、いつもすまんな」

「いえいえ。旦那と、わっしの仲ではありやせんか。できる限り、お力添えさせていただきますよ。……それに、その藩士どもが、真に雪月花の先代の死に関わっているとすれば、許せねえですから。どうにかして捕らえなければ、こっちも気が済まねえですよ。女将をあんなに悲しませた奴らなんですから」

寅之助の思いを聞きながら、隼人は深く頷いた。

「それは、俺もまったく同じ気持ちだ。だが、相手は藩士だからな。慎重にやらねえと、取り逃してしまうぜ。そこで周りから固めていくって訳だ」

「やりやしょう、旦那。わっしも手伝いやす」

隼人と寅之助は頷き合った。


八つ半（午後三時）近く、旅籠の仕事が落ち着くと、里緒は裏庭へ回った。満作の花は終わり、葉が青々と茂っているが、それもまた爽やかでよい眺めだ。里緒は枝折戸《しおりど》を静かに開け、こっそり抜け出した。

澄みやかな空の下、里緒は兎が跳ねるように歩を進める。待乳山聖天宮《まつちやましようでんぐう》の鳥居を潜り、石段を上がったところで、先に来た隼人が待っていた。待乳山は小さい丘だが、筑波《つくば》山や富士山を望むことができ、東都随一の眺望の名所と称されている。

麗《うら》らかな日、二人は山々を眺めながら、笑みを交わした。

「悪いな、こんなところまで出てきてもらっちまって」

「そんなことありません。隼人様と外でお会いできるので嬉しいです。ここに来たのも久しぶりで、胸が高鳴っています」

「いい眺めだよなあ。賑やかな浅草寺もいいが、小ぢんまりとした聖天宮も落ち着くな」

「和みます」

穏やかな風が吹き、桜の花びらがはらはらと散る。里緒の艶やかな黒髪についたそれを、隼人は指で摘まんだ。里緒は隼人に微笑み、報せた。

「隼人様が仰っていたこと、吾平とお竹に訊いてみました。あの時の侍たちの特徴について、何でもいいから覚えていることはないか、って。するとお竹が思い出したのです。三人のうちの一人は、鼻の横に大きな黒子《ほくろ》があったと」

「黒子か。それは手懸かりになりそうだな」

「はい。続いて、吾平も思い出したんです。一人は、色がやけに白くて、線が細くて、女が男の恰好をしているようにも見えたと。あとの一人は、特別に目立つ特徴はない、ごく普通の雰囲気だったようです」

隼人は顎をさすった。

「なるほど。いや、ありがてえ。里緒さん、礼を言うぜ。これで悪党どもに目星をつけやすくなった。おそらく三人は勤番侍《きんばんざむらい》ではなく、江戸にずっといる定府の者たちだろう。松前藩は小藩だから、定府の者もそれほど多くねえんだ。うむ。突き止められそうだ」

「隼人様、よろしくお願いいたします」

里緒は丁寧に頭を下げる。空は雲一つないほど晴れているのに、待乳山の丘の上では、桜の花びらが雨の如く降っていた。

昨年の長月に露西亜が樺太を襲撃したことは、幕府の者たちの耳には届いていたが、緘口令《かんこうれい》が敷かれてまだ公にはされていなかった。民を無闇に不安にさせることが躊躇《ためら》われたからだ。

そして幕府もやはり、北方にある松前藩や弘前《ひろさき》藩の動きに気をつけていた。

桜の時季が終わり、浅草の三社《さんじゃ》祭も終わった頃、動きがあった。

唐物屋の楠乃屋を、半太と盛田屋の若い衆の康平《こうへい》が見張っていたところ、店を仕舞った後で、主人がこっそりと出かけたのだ。暮れ六つを過ぎ、薄暗くなりかけている。半太は康平に耳打ちした。

「おいらが尾《つ》けてみるから、お前はここで見張りを続けてくれ」

「合点《がってん》。気をつけてな」

二人は目配せし合い、半太は主人を尾け始めた。小柄な躰を生かして、目立たぬよう、気取《けど》られぬよう、後を追う。主人は両国のほうへ向かい、柳《やなぎ》橋を渡り、その近くの神田川沿いの料理屋へと入っていった。渡り廊下のある洒落《しゃれ》た造りの料理屋だ。

半太は柳の木の陰に身を隠し、息を潜めて様子を窺う。すると暫くして、藩士らしき侍が三人やってきて、同じ料理屋に入っていった。

木陰で半太が目を皿にしていると、亀吉が現れた。料理屋を睨むように眺める亀吉に、半太は小さく声をかけた。

「兄貴、こっち、こっち」

亀吉は振り返り、目敏く半太を見つけ、寄ってきた。

「ご苦労。お前がいるってことは、唐物屋の主人もあの料理屋に入ったってことか」

「そのとおり。兄貴が尾けてきたってことは、さっきの侍たちは松前藩の者ってことだよね」

「そのとおりだ。ついに接触があったな」

暗がりの中、半太と亀吉は笑みを交わす。入っていった侍たちは女中に案内されて渡り廊下を通り、奥の部屋へと入っていった。それを見届け、半太は亀吉に囁いた。

「今、侍たちが入った部屋は、唐物屋の主人が先に入ったところだ」

「よし。やはり繫がっていやがった。……だが、どうするか。今から旦那を呼びにいって連れてきても、まだ捕まえることはできねえよな」

「ただ会ってるってだけだからな。とにかく繫がっていた事実は摑んだから、もう少し様子を窺っていようよ」

「そうだな。品物の取引などをやってくれればいいんだが。その場で証《あかし》を押さえられるからよ」

「今日は何かの相談じゃないかな。唐物屋の主人は大きな荷物を持っていなかったし、侍たちも持っていなかっただろう」

「さて、何の相談事やら。露西亜に関することか。もしやまた露西亜に情勢を流して、樺太あたりを襲撃させて、その見返りで謝礼をもらい、毛皮などの物品を安く仕入れて高値で売り捌《さば》いて、一儲けしようと企んでやがるのか」

半太は眉を八の字にして肩を竦めた。

「兄貴、怖いこと言わないでよ。嫌だよ、自分が住んでる国を異国に襲撃されるなんて」

「冗談だぜ、気にすんな。御上だって、このところ北方に目を光らせてるんだ。拙いことなんてできねえよ」

亀吉は半太の肩を叩き、笑った。

藩士たちは一刻《いっとき》（およそ二時間）ほどして、出てきて、帰っていった。それから少しして今度は主人が出てきた。半太と亀吉はそれぞれ、再び後を尾け、藩士たちは藩邸に、主人は唐物屋に、戻るところを見届けた。

翌日、二人は隼人に報せ、藩士たちの特徴を告げた。

「一人は、お竹さんの話のように、鼻の横に大きな黒子がありやした。一人は、番頭さんの話のように、女みてえな男で……ほら、なんて言いましたっけ、いつぞやの占い師みたいな感じでした。お初ちゃんが行方《ゆきがた》知れずになった時の」

亀吉は眉間を押さえ、隼人は眉根を寄せた。

「あの、妖薫《ようくん》とかいう男か、白蛇みたいな目つきの」

「そ、そうです！　ああ、すっきりしましたぜ。あの、なんとか妖薫って男みたいな感じでした。で、残る一人ですが、躰つきは普通で、やけに色黒でした。闇に紛れちまいそうなほどに」

「それは、おいらも思いました。妖薫って人に似てる侍がやけに色白だったから、よけいに色黒に見えたのかもしれませんが」

隼人は顎をさすった。

「いや、ご苦労。大きな黒子がある男、女みてえに色白の男、闇に紛れそうなほど色黒の男。これらの特徴から、絞り込んでいけるかもしれねえ。よい働きをしてくれたな。礼を言うぜ」

隼人に頭を下げられ、半太と亀吉は照れた。

「旦那にそう言ってもらえると、ますますやる気になっちまいます」

「うむ。二人とも頼りにしてるぜ。手間を取らせるが、見張りはまだ続けてくれな。もっと大きな動きを見せる時がくるかもしれねえからよ」

「合点《がってん》です」

半太と亀吉は威勢よく返事をすると、それぞれ駆け出していく。日差しが降り注ぐ朝、隼人は目を細めて手下たちを見送った。

弥生が過ぎ、卯月《うづき》に入り、衣替えの時季となった。藩士も唐物屋も、別段、大きな動きを見せることはなかったが、卯月になってすぐ、再び柳橋の料理屋で落ち合った。

その特徴から、藩士たちが何者であるか、隼人は既に摑んでいた。小納戸役の田所《たどころ》と須崎《すざき》、側用人《そばようにん》の野淵《のぶち》だ。田所が黒子の男、須崎が女にも見える男、野淵が色黒の男であった。

——どうにか、抜け荷の品を取引しているところに、踏み込めればいいのだが。藩士が江戸の町地で何か仕出かした時は、町奉行所で捕らえることができるんだよな。

隼人は焦れつつ時は経ち……亀吉が冗談で口にしたことが、なんと現実となってしまった。

卯月二十三日、露西亜の船二隻が択捉島《えとろふ》の西の内保《ないほ》湾へ入港し、内保の南部藩《なんぶ》の番屋を襲撃したのだ。択捉島の中心地は紗那《しゃな》であり、弘前藩、南部藩の兵士たちに警固《けいご》されていた。露西亜兵たちはその番人たちを捕らえ、米や塩や武器などを強奪して、火を放った。

そして二十九日に、露西亜の船は紗那に向けて入港し、銃撃を仕掛けた。

皐月《さつき》一日には、日本側が撤退した紗那幕府会所に露西亜兵が乗り込み、倉庫を破って米、酒、武器、金目のものなどを強奪した後で、火を放った。翌二日も上陸し、戦いで負傷して留まっていた南部藩の砲術師を捕虜《ほりよ》とした。そして三日に捕虜を連れて出航し、紗那を去っていった。

後に文化露寇《ろこう》、紗那事件と呼ばれる事件だが、またしても突然の露西亜の襲撃に、幕府の者たちは神経を尖らせた。レザノフを邪険にしたことへの嫌がらせだと思いつつも、不穏なものを感じ、気味が悪くて仕方がない。

「襲撃や強奪の遣《や》り口など、綿密に計画していたに違いない」

「会所がある場所なども予《あらかじ》め知っていたようだ。あれほど広い地で、どうして分かったのだろう」

「言葉も通じないのにな」

などと、幕府の中にも、不審に思う者たちが現れてきた。

隼人は勘を働かせた。松前藩の悪党たちが動きを見せるとしたら、案外、近いうちなのではないかと。北方がごたごたとして、皆の目がそちらにいっている隙に、密かに何かをするのではなかろうかと。

二

露西亜が紗那を攻撃したことは江戸にも伝わり、町人たちの中にも少しずつ知れ渡っていった。

そのような折、隼人が雪月花を訪れた。里緒はいつもどおり楚々とした姿で隼人を迎え、部屋に通した。

里緒に出された熱いお茶を飲み、隼人は大きく息をついた。

「たいへんなことになったもんだ」

隼人は切り出し、露西亜が紗那を攻めたことについて、里緒に詳しく話した。

里緒は胸に手を当て、顔を強張らせて聞いていた。

「やはり、松前藩の悪党が、こちらの情勢を露西亜に売っているように思える。用意が周到過ぎるし、手際もよ過ぎる。土地にもやけに詳しいからな」

「酷い話です。この国を裏切るなんて」

里緒は眉を顰《ひそ》め、肩を落とす。

「そいつらには目ぼしがついているから、後は証を摑めればいいんだが、なかなか尻尾を出さねえんだ」

「抜け荷の品は、どうやって受け取っているのでしょう」

「露西亜から松前に運ばれたものを、こっそり江戸へ運んでくるのだろう。おそらく、両国橋の近くの河岸を使っているんじゃねえかな。……すると、案外、揚げた荷は、あの柳橋の料理屋にいったん隠しているのかもしれねえな」

隼人と里緒の目が合う。

「料理屋さんに踏み込んで調べてみては」

「うむ。だが、あくまで想像だからなあ。踏み込んでもし見つからなかった場合、奉行所が責められるかもしれん。が、やってみるか」

「悪党たちは、近頃はさすがに会ってはいないのですか」

「今、松前っていやあ渦中だからな。悪党どももおとなしくはしているが、俺は、この隙に何かやりそうだとは思っているんだ。皆の目は紗那に向いているし、江戸藩邸にいる藩士たちも国許に戻って、残っている者が少なくなっているからな。逆に密談などはしやすいかもしれねえ。だが……今はさすがに、抜け荷の荷揚げはしねえだろうなあ」

隼人の焦《じ》れている様子が、里緒にも伝わる。悪党どもや悪事は割れているものの、捕まえるきっかけが摑めないようだ。

里緒はしなやかな指を顎に当て、少し考えた。

「隼人様。確か、藩士が藩の中で問題を起こした場合は、町奉行所では捕らえることができませんが、藩士が町の中で問題を起こした場合には、町奉行所で捕らえることができるのですよね」

「まあ、そうだ。だから、奴らが喧嘩でもなんでも、何か騒ぎを起こしてくれればいいんだよな。そしたらその場で捕まえることができる。締め上げて、無理やりにでもすべてを吐かせちまうんだが」

里緒は胸に手を当て、微かな笑みを浮かべた。

「ならば、私によい考えがございます。隼人様、ちょっとお耳を」

二人は顔を近づけ合う。里緒の話を聞き、隼人は目を瞠った。

露西亜の船は紗那を去ったものの、捕虜を返さず、近海を漂っているようだった。

緊張が続く中、暮れ六つを過ぎた頃、例の藩士たちが松前藩の屋敷をこっそりと出ていった。見張っていた亀吉と磯六は、気取《けど》られぬように注意を払いつつ、間を取り合って、尾けていく。彼らが向かった先は、柳橋を渡ったところの、件の料理屋だった。

神田川沿いの柳の木の下に、半太と民次がいた。唐物屋の主人も来ているようだ。四人は頷き合い、半太と亀吉がそこに残り、寅之助の手下である磯六と民次は速やかに報せに走った。

料理屋の中では、悪党たちが酒を酌み交わしながら笑顔で語り合っていた。

「これでレザノフ殿も留飲《りゅういん》が下がったでしょうな。邪険にされた恨みを晴らすことができて」

「幕府は、異国に対して、ちとうるさ過ぎるべ。交易したいって言ってんのを、頭ごなしに駄目と拒んでな」

「まあ、そのおかげで、俺たちは抜け荷でたんまり稼げるから、悪いことではないべさ」

「相手を怒らせずに上手く立ち回ればよいものの、御上は頭が固過ぎんだな」

「本当ですよ。露西亜の人々だって、なにも日ノ本《ひのもと》の国をぶん捕りたいなどと思っているのではなく、仲よくしたいのですから」

「そうだ、そうだ。互いの国の特産品を取引すれば、この国ももっと豊かになるのによ。それの何が悪いってんだ」

「露西亜からしてみれば、南蛮や清国とは取引しているのに、どうしてうちとは駄目なのかと、気分は悪いに違いねえべさ」

「それで憂さ晴らしの襲撃ときたさ。会所の場所なんかは教えといたから、手際よくやれてよかったべ。怪我はさせたが殺してはいねえし、やったのは盗みと放火だけだから、力添えした俺たちも夢見は悪くねえ。捕虜もいずれは返すつもりだべ」

「米や武器もたんまり奪ったみてえだから、謝礼を弾んでもらえそうだべさ」

悪党たちは酔いが廻って、含み笑いだ。

そこへ、襖の向こうから声が響いた。

「お酒のお代わりをお持ちいたしました」

「おう、入れ」

「失礼いたします」

襖が開き、女中が盆を持って入ってくる。藩士たちの顔がにやけたのは、女中が美しかったからだろう。色白で柳腰、艶やかな黒髪の女中は、丁寧に礼をした。

すると藩士の一人、鼻の横に黒子のある田所が、盃を差し出した。

「酌をすれ」

「かしこまりました」

女中は淑やかに酒を注ぐ。その様子を舐め回すように見ながら、色白の藩士の
須崎も盃を差し出した。

「俺にもすれ」

「はい」

女中は素直に銚子を傾ける。須崎は注がれた酒を一息に呑み干し、女中の華奢
な肩を抱こうとするも……女中はすり抜けた。

「なんだべ」

険しい顔つきになった須崎に、女中は微かな笑みを浮かべた。

「それは、いけません。私は、お安い女ではございません」

須崎は鼻で笑った。

「ほう。生意気に。ならば、金をやるべ。いくらでお前を買えるべさ」

須崎は蛇のような目つきで、女中を見据える。女中は憂いを帯びた面持ちで、

衿元を直した。

「お金ではなく、毛皮をいただきたいですわ。露西亜で作られた、豪華で、ふわふわなものを」

すると、須崎のみならず、男たちの顔つきが変わった。

「なんだと」

「お前、いったい……」

唐物屋の主人が、押し殺した声を出した。

「お前さん、可愛い顔して、私たちを強請《ゆす》ろうとしていなさるのかね」

「そのような気持ちは、まったくございません。……できれば、私もお仲間に入れていただきたいのです」

「ほう、仲間に」

「はい。このような女中のお仕事にも、飽《あ》いてしまいました。もっと、思い切ったことをして、お金を儲けたくて」

女中は悩ましげな目つきで、悪党たちを見やる。色黒の藩士である、野淵が訊ねた。

「毛皮のことを、どこで知ったんだ」

「はい。吉原によく遊びにいかれている、大店のご主人に教えてもらいました。そのご主人はここにもよくいらっしゃって、私を贔屓にしてくださるんです。それでお酌のお相手をさせていただいているのですが、先日、お酔いになった時にお話しになったんです。とても素敵な露西亜の毛皮のことを。それで私、ほしくなってしまって」

「ふむ。なるほど。ではどうして、我々が毛皮を扱っているって、分かったんだべさ」

「それはですね。……あっ」

女中は急に右の目を手で押さえた。

男たちは女中の顔を覗き込む。女中は目を押さえつつ、顔を酷く顰めた。

「どうしたべ」

「私……突然、こちらの目が痛くなることがあるんです。あっ、痛くて堪《たま》りません。痛いっ。く、薬を取りにいってきます」

女中が立ち上がろうとすると、藩士たちが薄ら笑いで押さえつけた。須崎が懐から小さな入れ物を取り出す。

「目に効く薬なら、ここにあるべさ。これをお前にさしてやるべ」

「痛みはすぐ吹っ飛んで……えらく気持ちよくなるべさ」

女中は男たちに押さえつけられ、身を捩《よじ》った。

「やめて！　やめてください！」

田所が口を塞ごうとして、女中はその指を思いきり噛んだ。

「なにすんだ、この女《あま》」

「早く、さしてやりなさい」

唐物屋の主人も手伝い、女中を押さえつける。女中が切り裂くような悲鳴を上げて暴れたので、田所は刀を抜き、刃先を女中の胸に押し当てた。

「おとなしくしねえと、滅多刺しにするべ」

女中の力が抜ける。野淵が女中の目を無理やり開かせ、須崎が怪しい薬を垂らそうとした、その時。

襖が開いて、強面の男たちが乗り込んできた。

「おい、侍ども！　女相手に何をやっとるんだ！」

般若《はんにゃ》の形相で怒声を響かせたのは、誰であろう、盛田屋寅之助だった。その後ろには、盛田屋の威勢のよい若い衆たちが控えている。

「なんだ、お前らは」

「やれるもんなら、やってみやがれ」

「生意気だべさ」

刀を抜いて向かってきた侍たちに、若い衆たちが応戦する。磯六は手首を思いきり叩いて刀を落とし、あっという間に野淵を伸《の》してしまった。順二は軽やかに回し蹴りをかまして、こちらも忽ち須崎を倒した。

逃げようとした唐物屋の主人を民次が捕らえ、残る田所は目を血走らせて、康平に向かってきた。

すると康平は逃げようともせずに、すっと身を躱《かわ》した。田所が振り上げた刀の刃先が、康平の肩を掠め、血が飛び散った。

「うわあ、痛てえ！　侍に斬られた！　誰か来てくれえ！」

康平は大袈裟《おおげさ》に叫び、畳に転がって、肩を押さえてのたうち回った。痛い、痛い、斬られたと絶叫する康平を、田所たちは呆然と眺める。

そこへまた別の者たちが乗り込んできた。隼人をはじめとする、南町奉行所の同心たちだった。隼人は藩士たちに向かって、一喝した。

「女に乱暴を働こうとして刀を抜き、町人を相手に暴れ、斬りつけた罪で、その身を預かる！　抜け荷の余罪もたっぷり調べてやるから、覚悟しておけ」

藩士たちは顔を真っ青にして頽《くずお》れ、歯軋《はぎし》りをした。康平はけろりとした顔で立ち上がり、田所に向かって舌を出した。あの程度では、実のところ痛くも痒《かゆ》くもなかったようだ。

隼人は、女中の目にさそうとした怪しげな薬も没収した。悪党たちが、隼人の定町廻りの先輩同心である鳴海《なるみ》たちに引っ張られていくと、隼人は身を屈めて、蹲《うずくま》っている女中を優しく支えた。

「里緒さん、すまなかったな。こんな役目をさせちまって」

女中に扮していたのは、里緒だった。里緒は隼人を見つめ、首を横に振った。

「いえ、大丈夫です。自分で望んだことですから」

里緒はあの時、隼人に頼んだのだ。

――両親の仇《かたき》を討つことになるかもしれないので、是非、私にも力添えさせてください。それに……本当にこの国のことを露西亜に流して、襲撃にも加担したというならば、許せませんもの。そのような者たちは捕らえられて然るべきです。

隼人は里緒に危険な真似をさせたくなかったので大いに悩んだが、結局は里緒の熱い思いに絆《ほだ》されたのだ。そこで寅之助たち、自分たちが後ろに控えるという条件をつけ、許したのだった。

隼人は真摯《しんし》な眼差しで、里緒を見つめた。

「おかげで、奴らを引っ張ることができた。里緒さんには感謝の言葉もねえ。本当にありがとう」

隼人は畳に額を擦りつけるほどに、深く頭を下げる。里緒は隼人の肩に手を触れ、微笑んだ。

「隼人様、おやめください。それに私、結構楽しんでいたのですから」

「危ねえ目に遭ったっていうのにかい。里緒さん、淑やかなだけじゃなくて、結構お転婆なところもあるな」

「あら、今頃お気づきになりました？」

里緒は澄ました顔だ。その美しい額を、隼人は優しく小突いた。

とは言え、やはり怖かったのだろう、里緒の顔色はあまりよくはない。隼人は駕籠を呼び、里緒に付き添って、雪月花まで送り届けた。

藩士たちが里緒の目にさそうとした薬を調べたところ、異国の草花から採れるものが混ざっていたことが分かった。瞳孔《どうこう》を開かせ、気持ちを昂らせる作用がある、いわゆる媚薬《びやく》のようなものだが、命に関わるほどではないという。藩士たちに詰問《きつもん》してみたところ、露西亜に生育しているベシェニッツァという草花で、その名には、狂わすもの、という意味があるとのことだった。

ベシェニッツァは、伊太利亜《いたりあ》語ではベラドンナと呼ばれる危険な草花で、それから作った媚薬をも、彼らは抜け荷していたのだった。

厳しく締め上げたところ、藩士たちは自白した。露西亜からの抜け荷を認めたのだ。唐物屋の楠乃屋を調べてみたところ、地下に作った蔵の中から、たくさんの毛皮が押収された。毛皮には札のようなものがついてあり、それに書かれているのは露西亜語ということも確認された。

ほかにも、毛織物や、ウオッカという強い酒、高価な石、ベラドンナから作った媚薬などが山のように隠されていた。

悪党たちは観念したのだろう、洗いざらい自白した。露西亜側に日本の情勢を流して、襲撃などの嫌がらせに手を貸して謝礼をもらい、抜け荷をして金を儲けていたことを認めた。また、文化元年のレザノフの来航の折にも、前もって情勢を流したこと、その話し合いを雪月花で行ったことも正直に認めた。

そして、里緒の両親の野辺送りの際、隙を見て、雪月花の家宝を盗んだことも白状した。

家宝だった猫の置物は露西亜製のもので、目や胸元に飾られていたのは江戸切《きり》子《こ》のようなギヤマンではなく、本来の意味のギヤマン、つまりは葡萄牙《ポルトガル》語でジアマンテ（ダイヤモンド）という高価なものだった。それは露西亜語ではヂヤマーントとも言うらしく、四郎兵衛つまり光太夫は、ヂヤマゆえにチャマ、茶間と告げていたのではないかと推測された。

露西亜はそのヂヤマーントが豊富に採れるらしく、藩士たちは一目でその価値が分かったそうだ。それでどうしても手に入れたくて、盗み出したようであった。猫の置物はとっくに売って、金に換えてしまったという。

その話を聞いて、隼人は諦めの溜息をついた。

――ならば、もう雪月花の家宝は取り戻せねえな。

遣り切れぬ思いで、隼人は悪党たちを睨めて凄んだ。

「それで、お前らの密談を聞かれたと勘違いして、雪月花の先代夫婦を殺めたって訳だな」

だが、それについては、藩士たちは真っ向から否定した。彼らも、藩に引き渡されれば死罪もしくは追放になることは分かっているだろうから、今さら殺しについて嘘をつく必要はないのだが、がんとして言い張った。それは違うと、断言したのだ。

「話を聞かれたと思って、女将を怒鳴ったのは事実だ。猫の置物を盗んだのも事実だ。しかし、神かけて、申す。旅籠の夫婦を殺めたのは、私たちではござらん！」

三人はどうも嘘を言っているようには思えず、隼人は考え込んでしまった。

——なんてことだ。里緒さんのご両親の死の謎が解けると思いきや、この者たちの仕業ではなかったというのか。……振り出しに戻っちまった。

露西亜と通じていた者たちを捕らえ、抜け荷まで突き止めたのだから大手柄なのだが、隼人の胸には虚しさが込み上げるのだった。

五月雨《さみだれ》が続く夜、隼人は雪月花を訪れ、里緒に謝った。

「里緒さん、申し訳ねえ。時間をかけたってのに、肝心のことが違っていた。松前藩の奴らは、どうやら里緒さんのご両親を殺めた訳ではなかったようだ」

隼人から詳しい話を聞き、里緒は肩を落とすも、すぐに気を取り直した。

「それほど言い張るのでしたら、やはり違うのでしょう。今さら嘘をついたって、仕方がない訳ですし。……それに、思ったんです。あの者たちならば、両親を突き落としたりせずに、斬ってしまったのではないかと」

「うむ。斬られたり、刺されたりした後はなかったんだよな」

「はい。まったくございませんでした」

里緒は隼人を真っすぐに見た。

「私の両親のことで、お手を煩わせてしまって、本当に申し訳ございませんでした。なにやら、私の勘違いだったような気がして参りました」

「どういうことだい」

「両親は、お代官の見立てどおり、やはり足を滑らせただけだったのかもしれません。……両親の死を認めたくないあまりに、私が勝手に妄想《もうそう》を膨《ふく》らませていただけではないかと」

神妙な顔つきになった里緒に、隼人は語りかけた。

「いや。里緒さんは勘が鋭い人だ。その勘をもっと信じたほうがいいぜ。何かおかしいと思ったってことは、やはり何かがあったのだろう。今回は外してしまったが、必ず真相を突き止めてやる。心配するな」

「隼人様……」

里緒は黒蜜が滴るような目で、隼人を見つめる。隼人は里緒の肩に手を置いた。

「またも礼を言わねばな。里緒さんの勘働きと活躍のおかげで、今回も下手人を捕らえることができたんだからよ。それも異国と通じていた、非常に危険な者たちをだ。あんな奴らを放っておいたら、とんでもないことになっていただろう」

隼人の言葉に、里緒は素直に頷いた。

雨が降る夜、里緒は隼人に、鰹《かつお》の生姜煮と枝豆を出した。

隼人は里緒に注がれた酒を呑み、料理を味わう。

「里緒さんも、一緒にどうだい」

「ありがとうございます」

里緒は自分の盃も持ってきて、鰹と枝豆を摘まみながら、差しつ差されつを楽しむ。雨戸を叩く雨の音も、里緒の胸には、しっとりと響いた。

三

雪月花ではお客たちに、今月は菖蒲《しょうぶ》湯を楽しんでもらっている。ちなみに卯月には、よもぎ湯を振る舞った。ともに冷えや肩凝り、肌などへの効き目を持ち、

ている のだ。

菖蒲湯には邪気を払うといった意味もある。端午《たんご》の節句に菖蒲湯に入るのは、様々な病や邪気を払い、男子たちが逞《たくま》しく育ってほしいという願いが籠められているのだ。

端午の節句の時だけでなく、雪月花に来れば皐月の間はずっと菖蒲湯に入れるとの噂が広まり、休憩で使うお客も押しかけて、里緒たちは相変わらず毎日が慌ただしかった。

八つに泊まりにきたお客たちを迎え入れ、里緒は雪月花の屋号紋が染め抜かれた半纏を羽織ったまま、帳場でお茶を啜って一息ついた。

すると玄関の格子戸が開き、お栄の声が響いた。

「ただいま帰りました」

里緒はおもむろに立ち上がり、帳場の長暖簾を掻き分け、顔を出した。

「小雨の中、ご苦労様。どうだった？」

お栄は傘を閉じながら、答えた。

「はい。幸作さん、そろそろ戻ってきたいそうです。おっ母さんの具合もだいぶよくなって、ちゃんと動けるようになりましたので」

里緒は目尻を下げて、胸に手を当てた。

「それはよかったわ。お栄、幸作に伝えておいて。戻ってくるのは本当にいつでもいい、待っているから、って」

「はい。伝えます」

二人は微笑み合う。里緒はお栄に、しばしば幸作の様子を見にいかせていたのだ。ようやくよい返事が聞けて、里緒は安堵した。

お栄は手に提げた虫かごを、里緒に見せた。

「幸作さんからの、蛍《ほたる》の贈り物です。売っていたものを買ったみたいですよ。夜になると光るので、眺めてください、って」

虫かごを渡され、里緒は顔をほころばせる。湿らせた水苔《みずごけ》の上に、躰は黒くて首のあたりだけが赤い蛍が二匹、おとなしく寄り添っていた。

「まあ、可愛い。これは……小さいから姫蛍《ひめぼたる》かしら」

「そうみたいです。幸作さん、言ってました。女人が多い雪月花には、姫蛍がぴったりだ、って」

「本当ね。ここの棚に飾っておきましょうか」

「いいかもしれません。夜になると玄関を灯してくれて」

「行灯とはまた違った、素敵な灯りよね。夜が楽しみだわ」

里緒は虫かごを抱え、目を細めた。

その日は夕刻に雨が上がり、玄関で蛍が美しく灯る頃、隼人が訪れた。

「いらっしゃいませ。お待ちしておりました」

里緒は藤《ふじ》色の小袖に瑠璃紺《るりこん》色の帯を結んだ姿で、婀やかに隼人を迎えたが、首を少し傾げた。隼人に連れがいたからだ。半太でも亀吉でもない、齢五十五、六の男である。男は隼人ほどではないが、大柄で頑健そうな躰つきをしていた。

——お役人様には見えないけれど。隼人様とどのような関わりのある方なのかしら。

目を瞬かせながら、顎に指を当てる里緒に、隼人は微笑んだ。

「今日はお客を連れてきた。里緒さんに紹介しよう。大黒屋光太夫殿だ」

里緒は両手で口を押さえ、大きな目をさらに見開いた。言葉を失ってしまった里緒に、光太夫は一礼した。

「その節は、こちらにお世話になりました。先代のご主人と女将さんのおかげで、快く泊まらせてもらいました。その先代のことは……改めて、心からお悔やみ申し上げます」

里緒は深々と礼を返した。

「お心遣いのお言葉、痛み入ります。まさか、大黒屋様にお目文字《めもじ》が叶いますなど思いも寄らず、驚きを隠せずにたいへん失礼いたしました」

すると吾平とお竹も帳場から現れ、光太夫に丁寧に礼をした。

「再びお越しくださって、光栄です。大黒屋様のことを、先代から明かされておりませんでしたので、その節はご無礼があったかもしれません。お許しくださ い」

「いえいえ、そのようなことはまったくありませんでした。皆さん、それは丁寧にもてなしてくださいましたよ。本当は、再び泊まりにきたかったのですが……文化になった頃から露西亜があらぬ動きを見せ始めたので、なんと申しますか、また変に目をつけられませんよう、なるべく動き回らず、おとなしくしていたという訳です」

声を潜めた光太夫の背に、隼人は手を当てた。

「まだ、おとなしくしていたかったのだろうが、俺の頼みで来てもらった。泊まることは無理のようだが、里緒さん、料理と酒ぐらいは用意してもらえるかい」

里緒は姿勢を正した。

「もちろんでございます。まことに失礼いたしました。お竹、足湯のご用意を」

「はい、ただいま」

すぐさま盥を取りにいこうとするお竹に、光太夫は声をかけた。

「構いませんよ。足はそれほど汚れておりませんので、許してくださるのでしたら、このまま上がらせていただきます」

「いえ、それはいけません。久しぶりに来てくださったお客様のおみ足、必ずや清めさせていただきます。暫しお待ちくださいませ」

お竹は、まさに竹の如くしゃきっとした態度と口ぶりで、光太夫を黙らせてしまう。盥の用意に走るお竹の後ろ姿を眺め、光太夫は頭を掻いた。

「なにやら申し訳ないです」

「お気になさらず。私たち、お客様のおもてなしをさせていただけますことが、なによりの喜びなのですから」

微笑む里緒を眺め、光太夫は目を細めた。

「代替わりして、雪月花さんがますます繁盛されていることは、噂で聞いて知っていました。新しい女将さんを拝見して、その訳が分かりましたよ。皆をよく纏めているようだ」

里緒は肩を竦めた。

「お褒めのお言葉、恐れ入ります。でも、私などまだまだです。お客様方に先代の話を聞かされるたびに、反省することしきりです。至らぬ女将ですが、精進して参りますので、大黒屋様、これからもどうぞよろしくお願いいたします」

「こちらこそ。いやあ、旦那に連れてきてもらって本当によかった。これを機に、また雪月花さんとご縁ができそうだ」

玄関で和やかな笑い声を立てていると、お栄とお初がお竹と一緒に盥を運んできた。菖蒲を浮かべたお湯に、光太夫は目を瞠る。光太夫だけでなく隼人も清々しい香りのお湯で足を濯がれ、雪月花に上がった。

里緒が二人を広間に通すと、お竹が料理と酒を運んできた。

「まずは、こちらで。鮎《あゆ》の塩焼きでございます」

「おお、これは。大好物ですよ」

こんがり焼けた鮎を一口味わい、光太夫は破顔《はがん》する。ゆっくりと味わいながら、光太夫は広間を見回した。

「前もそうでしたが、こちらに来ると、癒されるんです。掃除が行き届いて、美しいけれど派手ではなく、静かで落ち着いているけれど、侘しい感じはしない。働いている人たちの心が、滲み出ているようでね。よい旅籠ですよ」

「ありがとうございます。先代、先々代の教えを守って、皆で支え合っております」

「玄関に置いてあった蛍も綺麗でしたね。蛍が迎えてくれる旅籠など、江戸にはそうざらにはありませんよ」

笑いが漏れる中、里緒は顔を少し強張らせ、姿勢を正した。

「大黒屋様に、謝らなければならないことがございます。先代が大黒屋様にいただいた猫の置物ですが、紛失してしまったのです。うちの家宝としておりましたのに。……たいへん申し訳ございません」

深々と頭を下げる里緒に、光太夫は声をかけた。

「女将、よしてください。訳は旦那から聞いております。松前藩の莫迦者《ばかもの》どもが盗んでいったんでしょう。女将に非など一つもないのですから、謝る必要なんてありませんよ」

「そうだぜ、里緒さん。頭を上げな」

二人に慰められるも、里緒の胸にはまだ蟠《わだかま》りがあった。

「でも……大黒屋様からせっかくいただいたものでしたのに。滅多なものではなかったと思うのです。それをあのような人たちに盗られてしまうなんて。大黒屋様のお気持ちを無下《むげ》にしてしまったようで、それが辛いのです」

「あれは確かに、露西亜にいた時に手に入れたものですから、滅多なものではありませんでした。日本に帰ってきた時に没収されるところだったのですが、我儘を言って、手元に残してもらったんですよ。露西亜の思い出を少しぐらい持っていてもいいではないか、と言い張ってね」

光太夫の話に、里緒と隼人は黙って耳を傾ける。

「ここに初めて来たのは、阿蘭陀正月の祝いが初めて開かれた時でした。参加する前に、主催者である大槻玄沢殿に言われたんですよ。露西亜の思い出の品が何かあったら、それを持ってきてほしい、と。それで私は、宴にあの猫の置物を持っていったのです。目と胸元に露西亜産のジアマンテが飾ってあったあの猫の置物は、宴でも人気でした。買いたいなどと言う者もいましたが、売る気にはなりませんでした。本気で取引すれば、かなりの値段を吹っ掛けることができたでしょうがね」

「どうして、あげる気にはなったのに、売る気になれなかったんだい」

「さあ、どうしてなんでしょう。私自身は、その頃には猫の置物に執着もなく、いつでも手放してよい気持ちだったんですけれどね。もしかしたら、阿蘭陀正月に集まっている人たちに、私は心を許していなかったのかもしれません」

淡々と話す光太夫の声が、静かな部屋に響く。

「まあ、そういう集まりなんかは、気心が知れている者ばかりではねえだろうからな。その気持ちも分かるぜ」

「皆さん、もちろん悪い方ではないんですよ。でも、なんといいますか、学識があって気位の高い人たちが多かったですからね。もとは船頭で、たまたま露西亜を漂流して帰ってきた私のような者には、正直、窮屈な集まりだったんです」

「その後でここを訪れ、癒されたという訳か」

隼人は光太夫に酒を注ぐ。光太夫は嬉しそうに口をつけた。

「そうなのです。とても居心地がよくて、酔った勢いで自分のことをべらべら喋ってしまいましたが、先代のご夫婦は驚きつつも笑顔で聞いてくださってね。その時どうしてか、思ってしまったんです。この人たちには心を開ける、信用できる、と」

「初めて会った者たちなのにな。不思議なもんだ」

「まことに。まあ、言葉も通じない国を十年近く漂流しましたので、僭越《せんえつ》ながら、これでも人を見る目や、人に対する直感は養われたとは思っています。そして、それは当たっていたように思うのです。こちらの先代は、私がお願いしたように、ほかの人たちには私の正体を言わずにいてくれたようですしね」

「はい。娘の私にも、番頭や仲居頭にも言っておりませんでした」

光太夫は里緒を眺め、笑みを浮かべて頷いた。

「そういう人たちだと、私はすぐに分かったんですよ。心のとてもよい方たちだと。もてなしも上手で、宴の疲れがすっと取れていきました。だから、お礼のつもりで、猫の置物を差し上げたのです。たいへん失礼な言い方ですが……もし万が一に、こちらがお金に困った時には売って、何かの足しにしてほしいと思いましてね。それほどに価値のあるものだったのです」

「さようだったのですね」

光太夫が両親を信頼してくれたということがなにより嬉しくて、里緒の胸が熱くなる。

光太夫は風呂敷を開き、中から小さな包みを取り出して、里緒の前に置いた。

「今度はなくなりませんよう、祈っております。こちらも、かつて露西亜で手に入れたものです。ただ……こちらにはジアマンテなどの飾りはまったくなくて、正直、安価なものです。売ったとしても大した金にはなりませんでしょう。先だっての猫の置物の代わりには到底なりませんが、それでもよろしければ、受け取っていただけますか」

里緒は微かに震える手で、包みを開ける。中から現れたのは、白磁《はくじ》の兎の置物だった。里緒は思わず小さい叫びを上げた。

「まあ、なんて可愛い」

「高価なものではなくて、申し訳ないですが」

「そんな！　こんなに素敵な置物、本当にいただいてもよろしいんですか」

「もちろんです。こちらに飾ってもらえたら、兎も喜びますよ」

「里緒さんは、浅草の白兎、なんて呼ばれてるからな。猫の置物よりも、ここには相応しいぜ」

隼人が口を挟むと、光太夫は目を見開いた。

「おお。女将さん、何かに似ているとは思っておりましたが、まさに兎ですな！」

里緒は照れながらも、兎の置物が嬉しくて堪らない。

「大黒屋様、まことにありがとうございます。うちの新たな家宝として、必ず大切にさせていただきます」

里緒は淑やかに礼をするも、光太夫はまだ申し訳なさそうだ。

「いや、本当に、それほどの価値はないのです。露西亜の市場で売られていたものですから」

「いいんだよ。きらきらして、いかにも高価そうなものだったら、また誰かが盗んでいくかもしれねえだろ」

「さようですわ。それに、家宝とは、値段ではございません。どれだけ大切にしたいか、その思いが強いものが、その人にとっての家宝になると思うのです。私の両親もそのような意味で、猫の置物を家宝にしようと思ったのでしょう。そして私も、大黒屋様から頂戴しましたこの兎の置物を、家宝とさせていただきます。私の、そして雪月花のお守りとして、今度は必ず大切にいたしますね」

里緒の言葉に、光太夫は大きく頷く。隼人も笑みを浮かべ、二人を見守っていた。

ところで四郎兵衛というのは、光太夫の前の名だった。光太夫は幼名を兵蔵といったが、父親が亡くなった後に、養子に迎えられた際に亀屋四郎兵衛と名を改めたという。その後、沖船頭となった時に、大黒屋光太夫とまた改めたそうだ。兵蔵、四郎兵衛、光太夫。本人にしてみれば、いずれの名にも愛着があるとのことだった。

少しして、お竹がまた料理を運んできた。それを眺めて、光太夫は目を瞬かせた。饅頭を揚げたようなものだ。

「これは……」

光太夫は揚げ饅頭を手に持ち、一口食べ、目を瞠った。饅頭の中から、餡がとろりと垂れる。餡は、細かく潰した雉肉や椎茸、じゃがたら芋などが炒め合わされたものだった。

光太夫は夢中で味わい、一つをあっという間に食べ終え、息をついた。

「露西亜にいた頃によく食べた、ピロシキというものにそっくりです。驚きました。前からこちらの料理は美味しくて、今もそうだと確信しましたが……でも、どこか変わりましたね」

「料理人がこのところ休んでおりまして、別の方に来ていただいているのです」

「なるほど、それでですね。正直、私は今の味のほうが好みです」

話しながら、光太夫は二つ目の揚げ饅頭を食べ始めるも、ふと手を止めた。里緒と隼人は光太夫を見つめる。

「もしや、今こちらにいる料理人は、阿蘭陀正月の料理も作ったことがあったのでは」

里緒は手を打った。

「さようです。大黒屋様、凄いですわ。味を覚えていらっしゃるなんて」

「近くの仕出し屋から取った、などと言っていましたが」

「そのようですね。彦二郎という料理人ですが、京橋の仕出し屋さんで働いていた時に、阿蘭陀正月のお料理を作ったと言っていました」

「その話を聞いて、里緒さんは謎の御仁が大黒屋殿と気づいたんだよな」

「さようです」

里緒は隼人に頷く。光太夫は目を細めて二つ目も味わい、三つ目に手を伸ばした。

「いや、世の中狭いものです。それで、前の料理人は戻ってこないんですか」

「いえ。具合がよくなったので、近々戻ってもらうつもりです。今の料理も評判がよいので、彦二郎にも去ってほしくないような気もしますが、もともと流しの料理人ですし、これだけの腕前ですので、うちでなくても食い扶持はいくらでもあるようですから」

光太夫は三つ目もすぐに食べ終え、背筋を伸ばして里緒に向き合った。

「ならば、前の料理人が戻ってきたら、彦二郎をうちで雇いたいのですが、考えてもらえませんか。もちろん、紹介代はお支払いしますので」

里緒と隼人は顔を見合わせた。

「私どもは構いませんが。後ほど、彦二郎に話をしておきます。あ、でも、紹介代などはお気になさいませんよう」

「いや、それでは申し訳が立ちませんよ」

「いえ、でも」

二人が言い合っているところへ、隼人が口を挟んだ。

「しかし、彦二郎はよかったな。忽《たちま》ち、次の勤め先が決まってよ」

里緒と光太夫は口を止め、三人で微笑み合う。里緒は正直なところ、胸を撫で下ろす思いだった。幸作が戻ってくることを、彦二郎にどう切り出そうか、悩んでいたからだ。

「いや、ありがたいです。日ノ本に戻って、十年以上が経つ今も、舌というのは懐かしい味を忘れないものです。露西亜で、ピロシキを初めて食べた時、この世にはなんて旨いものがあるのだと思いましてねえ。その時、初めて思えたんですよ。露西亜に流されたのも、よかったのかもしれないってね」

　四つ目を頬張る光太夫を眺め、それほど美味しいのかと、里緒と隼人は思わず笑みをこぼす。

「前向きな考え方、見倣いたいですわ」

「彦二郎は異国風の料理が得意だものな。大黒屋殿の期待に応えてくれるだろうよ」

「実は、阿蘭陀正月の祝いに度々行っていたのは、料理が楽しみだったからなんです。料理人が変わって味が落ちてしまって、近頃はあの集まりにも行っておりませんでした」

「その料理人が巡り巡って、うちにいたなど、奇遇ですわね」

「本当に。やはり雪月花さんと私とは、何かのご縁があるのでしょう」

　揚げ饅頭をつまみに酒を呑む光太夫に、里緒は嫋やかに酌をする。隼人も揚げ饅頭に手を伸ばし、ふむ、と感嘆しながら、ぺろりと一つ食べてしまった。

　ちなみに里緒の父親が日記に書いていた、塩漬けの胡瓜と鯰の汁物は、露西亜ではソリャンカと呼ばれる料理だと分かった。具は鯰でなくても、チョウザメや鮭、獣肉や茸《きのこ》でもよいそうだが、塩漬けの胡瓜は必ず使うのだという。

光太夫は露西亜の食べ物や文化について教えてくれた。露西亜人は向日葵の種をよく食べるなど、初めて聞くことばかりで、里緒と隼人は熱心に耳を傾けた。それは時を忘れてしまうほどに、興味深い話だった。

光太夫は里緒に願って仏壇を拝み、また必ず来ることを約束して、隼人とともに帰っていった。

里緒は旅籠の外に出て、お竹と吾平と一緒に、二人を見送った。雨は止んでいるが、少々肌寒い夜だ。二人に貸した提灯の灯りが、揺れながら遠ざかり、小さくなっていく。それを眺めつつ、里緒はなにやら、蛍のようだと思っていた。

中に戻ると、里緒は光太夫からもらった兎の置物を、早速、玄関の棚へと飾った。棚には蛍の虫かごだけでなく、干支の置物や、羽子板や破魔矢を年中飾りとして置いてある。それらを少し動かして、真ん中に白磁の兎の置物を据えた。

兎の目が赤く塗られているのも、なんとも愛くるしい。里緒は慈しむように、白磁の兎に、そっと手を触れた。

四

紫陽花《あじさい》が見頃になった。雨が降り続くぼんやりとした情景の中でも、紫陽花の彩りは、鮮やかに胸に沁み入る。幸作が戻る日が近づいていた。

その前日、里緒は彦二郎に改めて礼を言った。

「本当にありがとうございました。彦二郎さんのお料理はお客様にもたいへん喜んでいただけました。ここを離れてしまうのは残念ですけれど、大黒屋様のもとでも新たに頑張ってくださいね」

「短い間でしたが、こちらこそありがとうございました。ここの雰囲気が好きだったので別れがたいですが、向こうでも張り切って務めます」

里緒は胸の前で手を合わせた。

「これからも忙しい時には、助っ人をお願いしてもいいかしら」

「もちろんです。その時は、大黒屋様に休みをもらいますよ」

里緒と彦二郎は笑顔で頷き合う。彦二郎は最後まで手抜きをせずにしっかりと務めを果たし、雪月花を去っていった。

雪月花でお客に朝餉を出すのは五つ（午前八時）なので、六つ（午前六時）にはその支度を始める。幸作や彦二郎はその少し前に来て、お栄やお初に裏口から入れてもらっていた。お栄やお初は六つには既に掃除などを始めているのだが、里緒はその頃に起床し、身支度を整える。

しかし幸作が戻ってくる日、里緒は早起きをして、自らが迎え入れた。

「お帰りなさい」

里緒の優しい微笑みと、さりげない言葉が胸に沁みたのだろう、幸作は不意に目を潤ませる。微かに声を震わせながら、幸作は返事をした。

「ただいま戻って参りました。長い間休んでしまって、本当にすみませんでした。そして、許してくださって、本当にありがとうございます。心を入れ替えたつもりで、これから、またしっかり務めさせてもらいます」

裏口の玄関先で、幸作は深々と頭を下げる。里緒は笑みを浮かべて、大きく頷いた。

「戻ってきてくれて、嬉しいわ。さあ、入って。早速朝餉を作ってもらわないと」

「あ、はい」

里緒に急かされ、幸作は板場へと向かう。幸作の背中を押しながら、里緒は安堵していた。幸作の顔色が思ったよりもよくて、休む前よりも元気になったことが、はっきり窺われたからだった。

幸作の腕は鈍った訳でもなく、丁寧に作った朝餉は、お客たちに喜んでもらえた。

朝餉の片付けを終えると、幸作は吾平とお竹にも挨拶をした。勝手なことをして申し訳なかったと詫びる幸作を、二人とも言葉は少なくとも笑顔で励ました。

「なに、生きていれば、疲れることだって迷うことだって、誰にでもあるぜ。お前が元気で戻ってきたんなら、それでいい」

「幸作さんのお料理がまた食べられることができて、皆、喜んでいるもの。帰ってきてくれて、ありがとね」

「……ここで働かせてもらえることに、もっと感謝したいと思います」

声を掠れさせる幸作を、吾平とお竹は温かく見守っていた。

裏庭では大葉がすくすくと育ち、女たちで種を蒔いた鳳仙花《ほうせんか》ももうすぐ蕾をつけそうだ。それらを眺めながら、お栄が洗濯をしていると、幸作に声をかけられた。

「もう一度、お礼を言う。励ましてくれて、ありがたかった」

お栄は立ち上がり、真摯な面持ちの幸作に、微笑んだ。

「励ました覚えはありません。ただ、自分の素直な気持ちを伝えていただけです」

「そうか」

幸作は照れ臭そうな笑みを浮かべ、皿を差し出した。

「夕餉に出そうと思って、作ってみたんだ。味を見てくれないか」

皿に盛られた桃の蜂蜜漬けを見て、お栄は目を瞬かせた。

「えっ、私が味見してもいいんですか」

「久しぶりに作ったから、料理の勘が鈍っちまってるかもしれないからさ。お栄ちゃんなら、そこのところ、はっきり言ってくれそうだから」

お栄は手を振った。

「私、そんなに厳しくありませんよ」

「いや、なかなかのもんだぜ。お栄ちゃんに言われたこと、俺の心に刺さったからさ」

胸に手を当てて冗談めかして言う幸作を、お栄は優しく睨んだ。

「では、喜んで味を見させてもらい、正直なことを言います」

お栄は楊枝で桃を切り、みずみずしく香る軟らかな一片を、味わった。そして、うっとりと目を細め、呟いた。

「美味しい……頬っぺたが落ちそう」

幸作もお栄につられて、面持ちを和らげた。

「少しは安心した。彦二郎さんだっけ。俺の代わりに来てくれた人、かなりの腕前だったっていうからさ。もう俺の役目はないかと思ったけれど、そうでもないかな」

お栄は幸作を見つめた。

「そんなこと、考えなくてもいいですよ。彦二郎さんは彦二郎さん、幸作さんは幸作さん、それぞれいいところがあって、それぞれ腕を振るって、美味しいものを生み出しているのですから。私たちだけでなく、お客様も喜ばせて。それって、凄いことだと思います。だから幸作さん、これからも素敵なお料理をどんどん作って、皆を楽しませてくださいね」

幸作は満作の木の梢を見上げ、微かに頷く。お栄は蜂蜜漬けの桃をまた一切れ味わい、目尻を下げた。

「私は、やっぱり幸作さんの味が好きです。慣れているせいかもしれませんが、幸作さんのお料理を食べると、ほっとするんです」

幸作は指で目元をそっと拭い、明るい声を出した。

「これからまた、お腹いっぱい食べさせてやるよ」

「嬉しい！　あ、でも、また太っちゃうかも。美味しいから、つい食べ過ぎて」

お栄は眉を八の字にするも、幸作は笑った。

「ふっくらしてるのも、温かそうに見えて、いいよ。おっ母さんも言ってたぜ。お栄ちゃんの笑顔のおかげで、元気が出た、って。病は気からって本当なんだな」

お栄は桃のようにみずみずしい頬を仄かに染め、含羞《はにか》んだ。

「おっ母さんの具合がよくなって、なによりです」

「手透きの時には、たまにでいいから、顔を見せてやってよ。おっ母さん、喜ぶからさ」

「はい、必ず伺います。私もお会いしたいので」

長雨の季節の晴れ間、清々しい風が吹き過ぎる。草花の香りが漂う裏庭で、幸作とお栄は笑みを交わした。


落ち着いた頃、隼人たちを交えて、幸作が戻ったささやかな祝いを雪月花で開いた。

「いらっしゃいませ。本日はどうぞお楽しみくださいませ」

里緒は淑やかに迎え入れ、広間へと、隼人、半太、亀吉を通した。既に寅之助の姿があり、吾平とお竹もいた。

雪月花の玄関に錠を下ろすのは、大抵は五つ半（午後九時）なのだが、今日は部屋がいっぱいで、飛び込みのお客が来ても入れる余裕がないので、既に閉めてしまっていた。それゆえ吾平とお竹のどちらかが帳場でお客の出入りを窺う必要もなく、二人揃って参加するようだ。しかしながらお竹は酒と料理が揃うまで、忙しく板場と往復していた。

七輪と小鍋、ほかの料理を載せた膳が運ばれると、お栄とお初も腰を下ろした。幸作も照れ臭そうな顔をしながらやってきて、始まった。

「兎《と》にも角《かく》にも、幸作が戻ってきてくれて、めでたい限りです。これから暑くなってきますから、幸作が作ってくれた旨いものと酒で、暑気と病を吹き飛ばしましょう」

吾平が音頭を取り、皆で酒を酌み交わす。銘々《めいめい》の前に置かれた七輪の上で、鍋がぐつぐつと煮え、芳ばしい匂いを放っている。泥鰌《どじょう》を丸ごと入れ、葱をたっぷり載せた、泥鰌鍋だ。山椒や七味唐辛子をかけて食べると、また格別である。

皆、息を吹きかけてそれを味わい、相好を崩した。

「おい、幸作。ますます腕を上げたんじゃねえか。休むってことも、時には大切なんだな」

目を細めて鍋を味わう隼人に、幸作は吹っ切れたような笑顔で答えた。

「褒めてもらえて嬉しいです。旦那、ありがとうございます」

「おう。期待してるぞ」

隼人も笑みを浮かべる。里緒は膳の上の天麩羅にも舌鼓を打った。

「泥鰌と大葉の組み合わせって、これほど美味しいのね」

「私たちが育てた大葉を使ってくれたんです」

お栄が続けると、鍋に夢中になっていた男たちも天麩羅に箸を伸ばす。むしゃむしゃと食べ、亀吉が息をついた。

「これは酒に合いますな」

「雪月花で育てた大葉って聞くと、旨さが増します」

半太も相槌を打つ。寅之助は黙々と、ひたすら味わい、すべてぺろりと平らげて、呟いた。

「こういう味は、江戸にはなくてはならぬものだ。珍しい味も時にはいいが、わっしらが忘れちゃいけねえ味ってのもあるんだよな。幸作、それを後にまで伝えるつもりで、頑張っていけよ」

「はい、親分。努めて参ります」

幸作と寅之助は、盃を合わせる。里緒は胸に手を当て、二人を眺めていた。

宴は和やかに進んだが、幸作は母親のことが気懸かりなようなので、里緒は先に帰した。幸作が去ると、お栄とお初が七輪、鍋、膳を下げ、食後の菓子を運んできた。

「あら、これは何かしら。可愛い色ね」

首を傾げるお竹に、お栄が答えた。

「杏の羊羹です。幸作さん、作ってくださっていたんですよ」

「まあ、杏？　どうりでよい香りがするわ」

里緒は皿を手に持ち、顔に近づけて、うっとりする。お栄とお初は顔を見合わせた。

「私たちは洗い物の後で、部屋でいただきますので、皆様ごゆっくり召し上がってください」

お初が言うと、半太が名残り惜しそうな顔をする。吾平が引き留めた。

「いいじゃねえか。この羊羹を食った後で、片付ければ」

「いいえ、幸作さんもお帰りになったので、私たちまで厚かましく居座っている訳にはいきません」

「それに、早く片付けてしまったほうが、その後ゆっくりできますので」

里緒は二人に微笑んだ。

「そうね。片付けが済んだら、お湯を浴びて、早く寝《やす》みなさい。今日は二人とも火の番ではないものね」

「はい、そうさせていただきます。ありがとうございます」

お栄とお初は丁寧に一礼し、下がっていった。

三人が抜け、なにやら静かになった広間で、残った者たちは杏の羊羹や酒を味わいつつ、語らいを続けた。

里緒は改めて、礼と詫びを述べた。

「私の両親に関することで皆さんにお手数をおかけしてしまって、申し訳ありませんでした。隼人様はもちろん、半太さん、亀吉さん、そして親分さん、ごめんなさいね。勘違いもいろいろあって、本当に失礼しました」

里緒に頭を下げられ、男たちは恐縮した。

「女将さん、いいんですよ。とんでもない藩士たちを捕まえることができたんですから」

「抜け荷も突き止められたんですから、申し分ありませんや」

半太と亀吉を見やり、隼人は顎をさすった。

「露西亜側が人質を返したってのも、通じていた松前藩の奴らが捕まったって知ったからじゃねえかと、御上も思っているようだ。あの三人以外にも、仲間の通《つう》詞《じ》なども捕らえられたからな。こちら側の情勢が易々と手に入らなくなったうえに、藩士たちの口から真相が明るみになって、露西亜側も日本をこれ以上怒らせると拙いと思ったに違いねえ」

眉を顰《ひそ》める隼人に、里緒は酌をする。寅之助が口を挟んだ。

「つまり女将は、今回も大いに活躍したんだから謝らなくてもいいってことだ。まあ、先代の死の謎が解けなかったのが、唯一、残念だったな」

隼人は息をついた。

「それだよなあ。あの藩士たち、結局は抜け荷の罪で処罰されて、一人は責任を取らされて切腹となり、あとの二人は重追放となったが、最後まで言い張っていたみてえだ。旅籠の夫婦を殺めたのは我々ではない、とな。それだけ言うならば、真実と見て間違いねえだろう。とすると、ここは振り出しに戻っちまう」

今、ここに残っているのは、里緒のほかは隼人、半太、亀吉、寅之助、吾平、お竹だ。皆、今回の一件で先代の死に不審な点があると知った者たちなので、気兼ねなく話せた。ちなみに幸作やお栄、お初は薄々気づいているかもしれないが、まだはっきりとは知らないようだ。半太も、お初が里緒から直接聞くまでは、話すつもりはなかった。

里緒は溜息をついた。

「父の日記を何度も読み返してはいるのですが、誰かのことを悪く書く訳でもなく、仕事の愚痴を書く訳でもなく、いたって穏やかなのです。ただ……時折、嘆いているようなことはありましたが」

「どのようなことを嘆いていたんだ」

「なぜ、欲得で愚かなことを考える者が、この世には絶えないのだろう、というようなことです。でも、誰のどのような態度に対して言っているのか、詳しく書かれてはおらず、曖昧《あいまい》なのです」

するとお竹が口を出した。

「旦那さんには、そういうところがありましたからね。誰かの言動というのではなく、世の中の情勢に対して漠然と怒っていたりしてたんですよ」

「読み物がお好きで、瓦版なども硬派なものを選んでよく目を通していらっしゃいましたからね。本当は旅籠の跡を継ぐのではなく、学者になりたかったそうです」

吾平の話に、隼人は目を瞠《みは》った。

「ほう、そうなのか。里緒さんの勘働きが鋭い意味が、分かったような気がするぜ」

里緒は衿元を直しつつ、苦笑した。

「でも父は、旅籠の仕事を大切にしていましたよ。よく言っていましたもの。瓦販に目を通すのは、世の中の動きを知って、お客様のお話に合わせるためだ。お客様から教えられることもたくさんある、と。父はきっと学ぶことが好きで、だから父にとっては、学者の仕事も、旅籠の仕事も、同じに見えていたのだと思います。お客様たちから、多くのことを学んでいたのでしょうから」

酒を舐めつつ、寅之助がぽつりと口にした。

「一人娘の女将に、そこまで気持ちを汲み取ってもらえれば、先代も安眠できているだろうよ」

亀吉は眉根を寄せた。

「そのような話を聞くと、なにやらよけいに悔しいですぜ。そんなによい先代のご夫婦を、手にかけた奴らが」

「おいらも許せねえです。仕事が落ち着きましたんで、板橋宿まで行って、代官にもう一度詳しく話を聞いてみようって、兄貴とも言っていたんです」

半太と亀吉は頷き合うも、里緒は目を伏せた。

「お気持ちは嬉しいけれど、そこまでしていただいては、悪いですもの。……それに私、なにやらこのようにも思えてきたの。両親は高いところが苦手だったから、下を覗き込むようなことはなかったでしょう。でも、たとえば、崖になったようなところに珍しい草花が生えていて、それに興味を持ったら、私の父ならば手を伸ばしたと思うの。恐怖よりも、草花が何か知りたいという思いが先に立って。母でもそうしたかもしれないわ。そして、それで誤ってどちらかが足を滑らせ、助けようとしたけれど無理で、二人とも落下してしまったのではないかと」

皆、黙ってしまう。少しの間の後、隼人が低い声を出した。

「里緒さんはどうやら、事故だったのではねえかと思い直し始めているようだな」

「はい。やはりそれが妥当なような気もして参りました」

隼人は酒を啜り、眉根を寄せた。

「実を言うとな、数日前、あそこを見にいってみたんだ」

「え、そうだったのですか」

里緒は隼人を見つめる。

「うむ。で、ご両親が落下したとみられる崖のあたりには、草花は生えていなかったぜ。それに、高いところが苦手な者が、いくら好奇心に突き動かされたとしても、あのような場所で身を屈めて手を伸ばすってことは、あり得ねえだろう。それぐらい急だったからな」

里緒は肩を落とした。

「さようですね。私も一度見たきりですが、確かに急でした。両親があの場所にいたのが、不思議なぐらい……」

「それで、おかしいと思ったんだろう。前にも言ったが、その勘を信じたほうがいいぜ」

隼人の言葉に、里緒は小さく頷く。

「隼人様、お忙しい中、音無渓谷までお出向きくださって、まことにありがとうございました」

「いいってことよ。あの場所を、どうしても、よく見ておきたかったんだ」

里緒は隼人に再び酌をしてから、杏の羊羹を味わった。その甘酸っぱさが、里緒の心を優しくほぐしてくれるかのようだ。

その時、ずっと沈黙していた吾平とお竹が顔を見合わせ、またも切り出した。

「実は……」

里緒の両親の死の真相について、まだ思い当たる節があるようだ。

楊枝で切った杏の羊羹を唇に近づけたまま、里緒は目を瞬かせた。

光文社文庫

文庫書下ろし／長編時代小説
光《ひか》る猫《ねこ》　はたご雪月花《せつげつか》㈤
著　者　有《あり》馬《ま》美《み》季《き》子《こ》

2023年6月20日　初版1刷発行

発行者　三　宅　貴　久
印　刷　新　藤　慶　昌　堂
製　本　フォーネット社

発行所　株式会社　光　文　社
〒112-8011　東京都文京区音羽1-16-6
電話（03）5395-8147　編　集　部
8116　書籍販売部
8125　業　務　部

ISBN978-4-334-79548-1　Printed in Japan

組版　萩原印刷

光文社文庫最新刊

竈《へっつい》稲荷の猫　佐伯泰英

魔界京都放浪記　西村京太郎

白い兎が逃げる　新装版　有栖川有栖

侵略者《アグレッサー》　福田和代

平家谷殺人事件　浅見光彦シリーズ番外　和久井清水

はい、総務部クリニック課です。　この凸凹な日常で　藤山素心《もとみ》

木枯らしの　決定版　吉原裏同心(29)　佐伯泰英